没落後に
お菓子な悪役令嬢は、
甘党の王子に
絡まれるように
なりました

ガウェイン・
アルストン
公爵家の嫡男で
レナの元婚約者。
ローラ・
マーシェリー
貧乏貴族で有名な
男爵家の長女。
アルフレッド・
オルロン
オルロン王国の第三王子。
大の甘いもの好き。

キャラクター
Characters
キャロル・
ゴールデンベル
大豪商ゴールデンベル家の一人娘。
レナ・
ローゼストーン
ローゼストーン伯爵家の一人娘。平民になった後は菓子店の店主に。

目次

Contents

お菓子な悪役令嬢は没落後に甘党の王子に絡まれるようになりました

冬月光輝

Jノベルライト文庫

〔イラスト〕　黒埼

プロローグ

それは青天の霹靂《へきれき》とでも言おうか。起きているのに長い夢を見ている、ような感覚だった。

夢に向かって一直線。私は子供の頃からの夢を叶える一歩手前まできていた。

高校卒業後、まもなく私はフランスに留学。向こうで有名な菓子職人に弟子入りすることが許されたのだ。

ずっと菓子職人になりたいと願っていた。師匠にセンスが良いと褒められて、厳しく容赦《ようしゃ》のない修業を経《へ》て、私は一人前だと認められ、日本に帰国するために飛行機に乗った。

日本に帰ったら、息抜きになるだろうと気を利《き》かせた友人から借りていたゲームを返そう。

私は長らく借りているゲームのパッケージを眺めながら遥か彼方にいる彼女へ思いを馳せていた。

――でも私はゲームを返すことができなかった。

なぜならその飛行機は墜落してしまったからである。

無念だった。こんなに簡単に夢が潰《つい》えるなんて、思ってもみなかったから……。

もう私は死ぬんだ。そう覚悟していたんだけど――。

「あああっ！　ううう、頭が！」

「レナお嬢様！　大丈夫ですか!?　お医者様を誰か！　早く！」

ハンマーで何度も何度も頭蓋骨《ずがいこつ》を殴られたような感覚で私は目を覚ました。なにこれ？　意味がわからない。

痛い、痛い、痛い、痛い……！

でも、ちょっと待って！　私、まだ生きている？　飛行機が落ちちゃって、もうダメかと思ったけど、助かったんだ。

「お嬢様、すぐにお医者様がきますから。気を確かに！」

(な、なにこれ？　この人は誰？　私は一体……？)

目の前にいる髭紳士《ひげしんし》は欧州人に見える。フランスに戻ったのかしら？　でも事故は日本に着く寸前だったような……。

気付いたら頭痛は消えていた。その瞬間、スーッと冷静になって周囲を見渡す。

(やっぱり日本じゃないわね。でも、妙に既視感《きしかん》がある)

「あ、あの。ここは、どこですか？」

「レナ、お嬢様……？　ここは食料品店です。ガウェイン様にクッキーを作りたいと仰《おっしゃ》って。お忘れですか？」

「ガウェイン様？　うう、また頭が……」

その名前を聞いた瞬間に私の中で、昨日までの記憶が蘇《よみがえ》る。

飛行機事故に遭《あ》って、今に至る？　ここがフランス？

（ううん、そうじゃない。今の私は、まったくの別人）

私の名前はレナ・ローゼストーン。年齢は十七歳でここオルロン王国の伯爵家の一人娘。

父親同士が親しくて、現在はこの国でも随一の大貴族、アルストン公爵家の嫡男《ちゃくなん》であるガウェイン様と婚約中。

今日はガウェイン様に食べてもらうためのクッキー作りの材料を買いにきたんだった。

あれ？　じゃあ、フランスから帰って日本に向かっていた私は――。

まるで二人分の記憶があるみたいで、気持ちが悪くなってきた。なんだろ、すごく変な気分だ。

「レナお嬢様、お医者様がいらっしゃいました。歩くことはできますか？」

「え、ええ。大丈夫です」

うーん。信じられないけど、つまりこういうことだろうか。飛行機事故でやはり私は亡くなった。

その後、レナ・ローゼストーンとして生まれ変わって、突然前世の記憶が蘇った……。それなら、今のこの変な状態の説明が一応つく。

（ううう、本当におかしな感覚だわ）

そこまで理解したとき、私は執事のセバスチャンに連れられて、お医者様のもとに向かった。

「特に異常はありませんな。暑さにやられたのでしょう」

お医者様は色々と私に問診して、カルテを見直して、診察結果を私たちに伝えた。

そうね。暑さが原因で思い出したのかもしれない。前世の記憶ってやつを。

二つの記憶がせめぎ合う感覚にまだ慣れない私だったが、レナ・ローゼストーンの記憶を邂逅《かいこう》することで、もう一つの恐ろしい事実が浮かび上がった。

――ここ、ゲームの中の世界だよね！

しかも留学中の気分転換になるだろうって、友人から借りてハマっていた乙女ゲームの世界だ。

来る日も来る日も菓子職人を目指して厳しい師匠のもとで修業の毎日。そんな生活だと癒やしもなくて大変なはずだからと、友人から半ば強引に渡されたこのゲーム。私は彼女の目論みどおり、どっぷりハマってしまった。

もちろんお菓子を作る修業は頑張ったよ。でも、ストレスってどうしても溜まるからさ。ゲームにもかなり熱中しちゃったんだよね……。

ゲームのタイトルは「追憶のプリンス」。貧乏な男爵令嬢が、貴族社会で努力と才能で幸せを摑むというシンプルなストーリー。

この世界は「追憶のプリンス」の世界観とまったく同じなのである。

「困ったことになったわね……」

「まだどこか悪いところでもありますかな？」

「い、いえ特に。……セバスチャン、帰りますよ」

「はっ！　承知いたしました」

ここにきて私は大事なことを思い出した。レナ・ローゼストーンの人生、このままだとまずいことになる。

心配そうな顔をするお医者様に独り言を聞かれたのを誤魔化しながら、私はゲームのストーリーと自分の立場について頭をフル回転させていた。

「お嬢様、足元にお気をつけください」

「ありがとう」

恭《うやうや》しく、馬車に乗り込もうとする私の世話を焼くセバスチャン。

それも当たり前のことだ。私は伯爵家の令嬢なのだから。

でも、このままだと悠々自適な貴族ライフは終わりを告げることになるだろう。

それは、なぜか。答えは私の前世の記憶の中にある。

「レナお嬢様、明日のガウェイン様のお誕生日パーティーは……」

「わかっています。お父様からもきつく言われておりますし、欠席などしませんから」

そう、明日は私の婚約者であるガウェイン様の誕生日パーティー。

これが頭の悩ませどころなのである。うう、どうしよう。本当に困った。

(このゲームのシナリオと同じ運命を辿ったら私は――)

ゲームの仕様《しよう》と私のこの世界の立ち位置。それについて考えれば、考えるほど憂《ゆう》鬱《うつ》な感情が溢れてきた。

なぜなら、このままだと私の家……つまり伯爵家の没落は必至。私は路頭に迷うことになる。

「ローラ様との余興、きっとガウェイン様も楽しみにされていますぞ」

「そ、そうですね。私もそう思います」

ローラはゲームの主人公のデフォルトネーム。彼女との関係が私の家の没落と大きく関わっていた。

このまま、ローラが『ガウェインルート』を歩むと、我が家は没落してしまうのだ。

ガウェインルート——それはこのゲームの攻略対象ごとに用意されたシナリオの一つである。

このゲームは攻略対象が複数人いるのだが、主人公の立ち回りによってシナリオが決定する。その攻略難易度はDからSまで様々《さまざま》だ。

難易度が高い攻略対象のルートを進むのはかなり難しい。そのため推しキャラクターのルートに行けなくて何度もリセットを繰り返す、なんてこともしばしばあり、このシステムは賛否両論だった。

本当に好きな人（難易度A）と恋仲になれずに妥協してパッとしないけどスペックだけは立派な人（難易度D）とゴールイン。そんなリアルさ、私は要らないと思ったけど、だからこそハマってしまったところもあるからゲーム的には正解なのかもしれない。

（結局、難易度Ｓのキャラクターは最後までわからなかったわね。シークレットみたいだから仕方ないけれど……）

そして、このゲームにはライバルキャラというものが存在する。しかもご丁寧に攻略対象ごとに一人ずつライバルキャラも用意されていた。

こういう変なところにこだわりがあるのは、このメーカーのゲームの特徴だったらしい。

私ことレナ・ローゼストーンはそのライバルキャラクターの一人。

そして公爵家の嫡男であるガウェイン様は難易度Ｄ、つまり一番簡単なルートの攻略対象だ。

なにも考えずにプレイすると、いつの間にかガウェインルートになっている。ゲームに熱中していた頃の私もガウェイン様の顔を見るたびにため息が出たものだ。

とはいえ、いくらガウェインルートが簡単と言っても邪魔をして意地悪をするライバルは出てくるのだ。婚約者のレナはガウェイン様と主人公が恋仲になるのを阻止しようとあらゆる手段を用いて勝負を挑んでくる。

まぁレナは難易度Ｄルートに出てくる最弱のライバルなので主人公がガウェイン

様といい感じになるように絶妙なアシストをしているとも言えるが……。

弱いのに主人公につっかかって返り討ちに遭うの繰り返しで、ドンドン欲しくもないガウェイン様の好感度が上昇する、プレイヤー的には迷惑なキャラクターだった。

そして、主人公がガウェインルートを進んでいくと伯爵家が没落してレナが平民に落ちてしまうというイベントが発生する。それがガウェイン様の誕生日パーティーイベントだ。

（ゲームのキャラとはいえ不憫《ふびん》すぎると思ったものだわ。はぁ……、そんなキャラクターに転生する私はもっと不憫かも）

……さて、もうおわかりだろう。なにに私が頭を悩ませているのか。

私はつい昨日までゲームの主人公、男爵令嬢のローラにちょっかいを出しまくっていたのだ。

そして私の婚約者のガウェイン様はローラを庇《かば》い、彼女に惹《ひ》かれている。

（つまりローラは初見プレイヤーと同じで、完全にガウェインルートを邁進《まいしん》中ってことよね。ローゼストーン家の没落は近い）

ダメよ、このままじゃ絶対にダメ。確かにレナとしての私の人生はわがまま放題、やりたい放題。

典型的な自己中女で、自己を過信しており、おおよそ良いところが見当たらない人間だった。

（やだ！　なんか思い出すだけで恥ずかしくなってきた！）

本当に恥ずかしくて仕方ないわ。自信満々にローラに絡んでいって、返り討ちにされたことなどを思い出して、私は羞恥《しゅうち》の感情を抑えることができなくなる。

でも、だからといって没落なんてしたくない。身から出た錆とはいえ、ちょっかいを出したくらいで家を失うのはあんまりだ。

もう手遅れかもしれないけど、発言には気を付けよう。

使用人の方々にもたくさん迷惑かけちゃったし……。これ以上迷惑はかけられないもの。

「お嬢様、顔色が悪いですが本当に大丈夫ですか？　旦那様に話して別のお医者様に――」

「それには及びません」

「ですが、その調子で明日ローラ様と料理で対決されるのは難しいのではありませんか？」

「…………」

そう。明日、私はローラと料理対決をすることになっていた。

ローラがガウェイン様の好物を聞いて、私が張り合って……という流れ。ゲームだとここでレナはローラを妨害してそれが明るみとなり、レナは悪事が暴かれてガウェインとの婚約は破棄というストーリーなんだけど……。

（ここで私が正々堂々とローラに挑んで、勝つことができれば……もしかしてローラは別ルートに向かうかも。ううん、たとえガウェインルートのままでも没落だけは避けられるかもしれないわ）

この料理対決はガウェインルートの佳境という場面なので別ルートに進ませるのは無理かもしれない。

でも、婚約破棄から没落のきっかけになったのはここでレナが不正を働いたことに由来する。

だからこそ、私は最後のチャンスに賭ける。せっかく前世の記憶があるのだ。指をくわえて没落するのを待っているわけにはいかない。

幸い私は菓子職人見習いとしてのキャリアがある。つまりクッキー作りは私の土俵。ローラは才能豊かな主人公で、なにをさせても一流という超人だけど負けるわけにはいかない。

「絶対に負けないわ……」

「お嬢様、すごい気迫ですな」

「え、ええ。そうですね。ガヴェイン様に美味しいものを食べてほしいと思いまして」

「左様《さよう》でございますか」

心配しないで、セバスチャン。ローゼストーン家を没落なんてさせないから。

大丈夫。このタイミングで記憶が蘇ったのは、つまりそういうことだ。私は明日、レナの人生を変えてみせる。

◆

「レナ！　君というやつは！　どこまで卑怯なんだ⁉　もう限界だ！　君との婚約は破棄する‼」

「――っ⁉」

えっ？　どうして、こんなことになっているの？

私は混乱のあまり絶句して声が出せなくなっていた。

「ローラの砂糖を塩とすり替えるなんて、信じられないことをするやつだ！」

そう、彼女の砂糖がすべて塩になっていた。それをガウェイン様は発見して憤《いきどお》っているのだ。

もちろん私はそんなことはしていない。でも状況的には疑われて当然である。

「ガウェイン様、信じてください。神に誓って私は――」

「黙れ！　卑怯者の言うことなんて聞きたくない！　君とは別れる！　父上にも今日のことは話すから、覚悟しておけ！」

私はようやく弁解することができたが、ガウェイン様は信じてくれはしなかった。

いや、ガウェイン様だけでない。見物にきていた貴族の友人たちもゴミを見るような目で私に視線を向けている。

「勝ちたいからって、やっていいことと悪いことがあるよな」

「最低、品性を疑うよ」

「あんなのと友達だったことが恥ずかしいわ」

「貴族の風上にもおけないな」

この前まで仲良くしていた友人たちからの罵声《ばせい》は心に突き刺さる。

違う。私は不正など働いていない。後は焼くだけで美味しいクッキーができるのに……。

そう弁解しても誰も聞く耳を持ってくれなかった。

セバスチャンも、他の使用人たちも、呆れたような表情を浮かべて私を見ていた……。そして私は半ば強引に馬車に乗せられて、家に連れて行かれる。

（一体、なにがどうなっているの？　このままじゃ、ローゼストーン家は……）

私は身に覚えがない不正を働いたことになり、ガウェイン様との婚約は破棄。

完全にローラはガウェインルートに乗ってしまった。ゲームのシナリオどおりなら我が家はこれから没落の一途《いっと》を辿る。

「レナ、貴様はとんでもないことをしでかしてくれたな！」

「お父様……」

「公爵家は援助を打ち切ると言った！　ワシはもう終わりだ！　お前のせいだ！」

浪費家の父はあらゆるところに借金をしていたが、公爵家と懇意にしていたことで援助を得て難をしのいでいた。

公爵家の援助が打ち切られると我が家の借金は返すアテがなくなり全財産が吹っ

飛ぶ。領地をすべて売り払っても足りないだろう。

「旦那様、給金が貰えぬなら仕える義理もありませぬ。私たちは公爵様のはからいで別の勤め先が見つかりましたゆえ」

セバスチャンたちも我が家の没落を察すると、親切な公爵様の助け舟に乗ってすぐさま我が家を出ていってしまった。

ガランとした屋敷。残されたのは私と父だけ。

「レナ、悪く思うなよ」

「お父様……？」

大きなリュックサックに屋敷に残っている金目のものを詰め込んで、父は真夜中に一人で馬に乗ってどこかに行ってしまった。

「まさか夜逃げするなんて……」

借金で首が回らなくなった父はなにもかも失う前に逃げてしまおうという選択をしたようだ。

私を置いて、屋敷も捨てて、夜の闇に消えた父を見て、私はこの家の没落を確信する。

（どうしよう……。もう家にはなにも残っていない）

独りぼっちになってしまった。母は五年前に病死して、セバスチャンたち使用人が立ち去って、父が夜逃げ。

私は無意識に亡くなった母の部屋を訪れていた。

思えば母が元気だったときは父の浪費癖はまだマシだった。母がそれとなく父を咎《とが》めていたからだ。

母が病におかされて、動けなくなると父はタガが外れたようにお金を使うようになってしまった。

『あの人のせいでこの家はなくなってしまうかもしれない。そうなったらあなたは――』

あれ？　そういえば、母はこうなることを予見していたような……。

私は今さら母の亡くなる寸前の言葉を思い出す。

そうだった。この前、前世の記憶が戻ったときからどうも昔のことを忘れがちになってしまっていたが、大切なことを忘れていた。

「とにかく言われたとおりにしよう」

母の遺言とも呼べる最期の言葉。それを思い出した私は倉庫からシャベルを取り出して、庭で一番大きな木の前に立つ。

『そこに埋まっているモノはきっとあなたの役に立つから』

ここに母はなにかを埋めたのだ。浪費家の父を信用せずに私にそれを託すつもりで。

「こ、これは……」

数分ほど庭を掘り返す作業を続けると小さな金属の箱を見つけた。

その中身は確かに今の私にとって天の助けに他ならないものだった……。

◆

「屋敷ごと全部没収されちゃった」

父が夜逃げした翌日、私の家はなくなった。

伯爵家は有名無実となり、領地もなにもかも借金返済のためにすべて取り上げられてしまったのである。

これで伯爵家の令嬢という肩書もなくなった。私はただのレナ。背景はない、平民そのもの。

かばん一つ持って、これから私は一人で生きていかなくてはならなくなった。

「本当に困ったことになったわね。これがなかったらどうなっていたことやら……」

私は母が遺《のこ》してくれた箱を開けて、独り言を呟く。

箱の中には金のネックレスが入っていた。なんとこれは純金製である。

浪費家の父のことを気にしていた母は万が一のときのために母が自分の祖母からもらったという遺品のネックレスを私に託してくれたのだ。

「もしものときはそれを売ってお金にして凌《しの》ぎなさい、か……」

箱の中には手紙が入っていた。その内容のほとんどは私の身を案じるものであり、今の私の状況を読んでいたかのようにも感じられた。

「お金があったら急場はしのげるわ。でもそれだけ」

両手を開いて見ながら、私はこの先どうするのか考えていた。

先日、最後まで作ることができなかったがお菓子作りは楽しかった。

レナ・ローゼストーンの人生は菓子職人を目指すものではなかったのかもしれないが、やはり私はその夢を諦めることができない。

というより、今の私にできることはそれしかない。

「夢の菓子職人、随分と遠回りしたけど叶えるなら今しかないよね」

前世でフランスにまで行って修業した腕前を試せなかったのはやはり未練が残る。

それに当たり前のことだが、平民になった私が食べていくためには働かなきゃならない。

だったら私は自分の腕を信じて、それにこれからの人生を懸《か》ける。


「その予算ならここくらいしかありませんぜ」

「十分です。きちんと掃除《そうじ》しますので」

ネックレスを質屋に入れて換金。まとまった金額になったので、その半分のお金を使って王都外れの潰れた飲食店を買い取る。

レンガ造りの小さな一軒家だが、これはこれで風情があって素敵だと思った。

「中はどうだろう？　けほっ、けほっ」

店内に入った私は思わず咳き込んでしまう。

うわぁ……、埃っぽくて汚いなぁ。でも――。

「ワクワクしてきた！　私はこれから夢を叶えるんだ！」

前世の話になるが、幼いとき誕生日に食べたケーキの味が忘れられず、それからずっとこの夢を思い描いていた。

毎日のようにお菓子を作って、喜んでくれる友人や家族の顔を見るのが何よりも嬉しかった。

絶対に本場のフランスで修業するんだと、高校生のときは英語よりもフランス語の勉強を頑張ったっけ。

半ば強引に師匠のところに弟子入りをしたとき、彼女は呆れたような顔をしていたなぁ。

『あなたはきっと世界中を笑顔にする魔法をかけられるようになる』

日本に戻る前に師匠から頂いたこの言葉を胸に飛行機に乗った私は、夢と希望を抱いてフランスを飛び立った。

「私って随分と執念深い性格なのかも」

もしかしたら、その無念という気持ちが強すぎて前世の記憶を呼び覚ましたのかもしれない。

一日中、掃除をしていた私はいつの間にか上ってきた朝日に照らされているお店を見て、運命を感じずにはいられなかった。

これが私の第二の人生の一ページ目。今から私はこのお店でたくさんのお客様を笑顔にしてみせる。

「ここまできたんだ、頑張らなきゃ！」

やる気は十分。家は没落してしまったけど、過去を悔やんでも仕方ない。

この日、王都外れの小さなお菓子屋さんが開店した。

第一章　お菓子な悪役令嬢は店を出す

「よーし、とにかくドンドンお菓子を作るぞー！」

私には前世の知識と経験がある。この前、クッキーを作ろうとしたとき、体はあの頃と同じように動くことができた。

だったらきっとお菓子を完成させて食べてもらえれば、みんな喜んでくれるに違いない。

甘味の魅力というのは世界が違えど共通のはずなのだ。

それに頑張って掃除をして、内装にもこだわったおかげで中々いい感じのお店になってくれた。

甘味の魔女《ラ・マジェ・パティシエール》と呼ばれた師匠の弟子の店にちなんで、コンセプトは魔女っぽい感じがいいなと思い、黒猫の小物をおいてみたり、看板にも黒猫のマークを入れてみたりした。

さらに可愛らしいレースのカーテンをつけて、紅茶の葉の入った瓶を飾ってみる。

「うん。段々理想に近付いてきた」

思ったよりも雰囲気が良くなったので私は満足げにうなずいた。

あとは外にもなにか季節の花でも飾れたらいいんだけど……。

私は扉をあけて、外に出てみた。

「あんた、ここの新しい店主かい？」

「あ、はい。そうです。よろしくお願いします！」

「ここで菓子屋ねぇ」

この近所に住んでいるという老人がジィーっと私の店を眺めながら話しかけてきた。

どうやら前の店のことも知っているみたいだ。

「悪いが、早めに見切りをつけたほうがええよ」

「えっ？」

「この辺は人通りが少ないんじゃ。前の店もとんと客がこんかった。ここは飲食をやるには向いとらん」

「そ、そうなんですか……」

ふ、不吉なことを仰る。

確かに一回潰れた実績があるってことは、お客さんがきにくいというのは本当なんだろう。

そういえば前世の記憶になるけど、近所のラーメン屋が潰れた場所に焼肉屋ができてまた潰れて、パスタ屋さんができてまた……、みたいなことがあったな。

あの場所は絶妙に交通の便が悪くて、車で行くにも反対車線からは入ることができなくて、そもそも交通量が少ない場所だったから流行《はや》るはずがないって、友人が言っていた気がする。

「いやいや、日本とこっちじゃ全然違うし……」

さっそく嫌な予感もするけど、すでにお金を使って店を買い取っただけでなく、看板まで作ってもらった。

もうあとには引き返せない。大丈夫、味には自信があるんだから。きっとお客さんはきてくれるはず。

「よーし！　ドンドンお菓子を作るぞー！」

もう一度、私は気合を入れ直して厨房《ちゅうぼう》へと足を向ける。

早くお客様第一号に会いたいな。とびっきりの甘味を味わってもらうんだ。

そんなことを想像しながら私は卵を割って、卵白と卵黄を手早くわけて、泡立てた。

◆

「本当に誰もこないじゃん！」

頭を抱えながら、私はガランとした店の真ん中で膝をつく。

近所の老人の言うとおりだった。ここって、本当に人がこない。稀《まれ》に人が通りかかったとしても、お菓子に興味を示さずに素通りしてしまう。

『お菓子作ったんだー、食べてみて』

『師匠、試食をおねがいします！』

『よし！　コンクール用の新メニューを作るぞ！』

そ、そういえば、前世の私って今まで必ず食べてもらえる状況でしかお菓子を作ってなかったような……。

家族や友人、そして師匠やコンクールの審査員。

作ったら必ず食べてもらえる人がそこにいた。

味は褒めてもらえたから、美味しいのは間違いないんだけど、そもそも商売として考えたときにそれだけじゃ全然ダメダメなんだ。

なんて甘い見通しだったんだ私は……。商売に関してまったくの素人のくせにお店を出すなんて。ゲームの世界とはいえ無謀《むぼう》なことをしてしまった。

「……この店は、やっているのか？」

「――っ⁉　えっ？」

カラン、という鈴の音とともにドアが開く。私は突然の出来事に言葉を失ってしまった。

ま、まさか、初めてのお客様⁉

店内に入ってきた低い声の主はフードを被った銀髪の男。

顔はフードで隠されているが、そのフードからチラッと見えるきれいな銀髪はまるで雪の結晶のように輝いていた。

「……この店は営業しているのか、と聞いているんだが」

「あ、はい。失礼いたしました。もちろん、営業しています。えぇーっと、ご注文はどうしましょうか？」

いけない。いけない。あまりにもびっくりして、放心してしまっていた。

せっかく初めてのお客様がきてくれたんだ。怒って帰られるなんてあってはならない。

（さっきまで調子に乗ってたくさん作っちゃったから、なにを選んでくれるのか興味があるわ）

クッキーやマカロン、マドレーヌなどの焼き菓子。朝から気合を入れてたくさん作った。

生菓子は保存できる期間が短いので、お客様の数がわかるまでは封印しておく。まずは焼き菓子で勝負するつもりだ。

この世界、電気は通っていないが、魔道具というものが発達していて、使える者が僅《わず》かしかいない魔法という特別な力を道具で再現する技術がある。

だからいわゆる冷蔵庫やオーブンのような魔道具を使うことで、前世のときと同様に調理して保存することが可能となっているのだ。

「……一番甘いものを出せ」

「一番、甘いものを？」

「ああ、とにかく甘いものが食べたい。早くしてくれ」

「か、かしこまりました」

ぶっきらぼうに注文を言い放つ彼の声に頷いた私は頭をひねる。

一番甘いもの？　まさか初めてのお客様にそんな変な注文をされるとは思わなか

った。

（最も砂糖を多く使ったメニューを出すのが正解？　ううん、この人が求めているのは――）

私はつい先ほど焼き上がったばかりのマドレーヌを出すことに決めた。

これは私が最も得意なメニュー。つまり自信作だ。

バターの芳醇《ほうじゅん》な香りとサクッとした歯ざわりに加えてしっとりとした食感。それらがより鮮烈に、そしてストレートに甘味を舌に伝えることができる。彼のリクエストに応えるにあたってこれよりも適当なメニューを私は知らない。

「店内でお召し上がりですか？　それともお持ち帰りいたしますか？」

「……すぐに食べたいな。ここでいただくよ」

「かしこまりました。それでは、あちらにかけてお待ちください」

元飲食店だったので、私はこのお店をカフェのように店内でも食べてもらえるようにした。

紅茶を淹《い》れる勉強もしたし、どうせなら菓子と一緒に楽しんでもらいたいと考えたからだ。

「…………」

黙って席につく銀髪の彼。

随分と無愛想《ぶあいそう》な人だけど、甘いものは食べたいんだよね……。なんか不思議な雰囲気の人だなぁ。

「お待たせいたしました。マドレーヌでございます」

皿にマドレーヌを二つのせて、お客様に出す。

前世では何度も経験があるが、今世では初めてお菓子を食べてもらう。

思ったよりも緊張するなー。どうしよう、今さらだけど怖くなってきた。

なんか根拠もなくこっちの世界でも前世と同じように通用するだろうと思っていたけど、それって私の思い込みなのかも――。

「むっ、こ、この香りは……⁉」

「お客様？」

テーブルに置かれた皿から立ち上る香りが届いたからなのか、銀髪の男性はフードを外して皿を持ち上げて間近でマドレーヌを見ようとする。

（びっくりした。こんなに端正な顔立ちの人、見たことないんだけど……）

彼が思わぬ行動をとったのにも驚いたが、あまりにも美しいその顔立ちに私は思わず息を呑んでしまう。

すっと通った鼻筋に宝石のような藍色の瞳、その見るものすべてを惹き付ける妖《よう》艶《えん》とも言えるような雰囲気に圧倒され時が止まったと錯覚するほどであった。

（でもどこかで見たような気もするのよね）

前世の記憶を思い出した反動のせいなのか、どうもレナとして生きた記憶があやふやになっている。

母の形見《かたみ》のネックレスだって、たまたま思い出せたから良かったが、忘れていたままだったらどうなっていたことか。

顔見知りなら彼のほうから何かしらのアクションはあるだろうから、少なくともそうではないのだろう。

「………」

「あっ、もう召し上がってくれていたのですね。遅れてしまってすみません。すぐに紅茶をお持ちします」

考えごとをしていたら、彼はいつの間にかマドレーヌを二つとも完食していた。しまった。食べているときの表情を見逃してしまった。

そして紅茶を出すタイミングも逸《いっ》してしまっている。

あまりにも静かに、そして早く食べ終えた彼に動揺しながら私は準備しておいた

紅茶を出した。

（ノーリアクションだったけど、美味しくなかったのかしら）

ここまで反響がなかったのは初めての経験だ。

もしかしたら、この国の人と日本やフランスの人では味覚から違うのかもしれない。

マドレーヌは私のレパートリーの中でも鉄板と言えるほど自信があるメニューなだけに、この反応は思いっきり私を不安にさせた。

お客様がこないのは計算外だったが、少なくとも私には美味しいと言ってもらえる前提があってこの店をオープンしたのだ。

その根幹が否定されるとこれから先の未来が真っ暗になってしまう。

「………」

「あの、紅茶が冷めてしまいますが……」

濃厚な甘味を食したあとに最も美味しくなるようにフルーティーな酸味のあるフレーバーティーを出した私だが、彼はジッと紅茶を眺めはしたが口はつけない。

これは一体どういうことだろう。喉が渇いていないから？　いや、マドレーヌを食べたらお茶は欲しくなるのは必然なはず。なにか他に理由が……。

「……もう少しだけ余韻《よいん》に浸っていたいんだ」

「余韻、ですか？」

しばらく間をおいて彼は紅茶を飲まない理由を口にする。

余韻とはまた変わったことを仰る。そんな感想を言われたのは初めてだ。

私は接着剤で足を床に固定されたように、直立不動でお客様の様子をうかがっていた。

もちろん、店主としてこんなお客様をガン見するみたいな行動がどうかしているのはわかっている。

でも、気になって仕方がないんだ。もうすでに不安が大きくなりすぎて、頭がどうかしそうなくらいまで追い詰められて――。

「……しかったよ」

「えっ？」

「だから、美味しかったよ。そんな泣きそうな顔しないでくれ」

彼はゆっくりと紅茶に口につけ、私の顔を見て微笑《ほほえ》んだ。

儚《はかな》くて、繊細なガラス細工のような透明感のある美しさ。一瞬だが確かに笑った彼の表情を私は生涯忘れないだろう。

「うん、紅茶も美味しい。それにいい香りだ」

目をつむって紅茶の香りを楽しむ彼を見て、ようやく私は不安がなくなったのか嫌な汗が引いて、心拍数も平常に戻ってくれた。

(よかった。美味しかったんだ。本当によかった)

私は心底ホッとした。こんなに食べてくれた人のリアクションにあたふたしたことはなかったかも。

師匠は厳しい人だったけど、間髪を入れずに、時には食べる前に美味しいかどうか判定していたし……。

「じゃあ、そろそろ帰ろうかな。いくらになる？」

「は、はい。お帰りですね。ええーっと、お会計はですね……」

「んっ？　会計に紅茶代が含まれていないが」

金額を彼に伝えると、紅茶の料金が含まれていないことについて言及された。律儀《りちぎ》な人だと思う。安いぶんには気にしないという人がほとんどだと思うから。

「あっ!?　えっと、それはですね……。サービスで出しているんですよ。お菓子を買っていただいて店内で召し上がってくれる方にはサービスで紅茶を……」

「へぇ、なるほど」

商売的に正しいかどうかわからないけど、せっかくだから紅茶と一緒に菓子を食べてもらいたいという気持ちが強すぎて、私は紅茶をサービスにしようと決める。

少なくとも紅茶に口をつけた彼の満足そうな表情を見たとき、私はこの選択が間違いじゃなかったと自信を持てた。

「ありがとうございました！」

「……またくる。もっとも今度くるときは、こんなに静かではないだろうがな」

銀髪のお客様はそんなことを口にしてお店から立ち去る。

えっと、それってつまり。このお店が流行るだろうって賛辞を送ってくれたってこと？

心が温かくなる。さっきまで不安でどうかしそうだったのに、力が湧いてくる。

夕暮れに消えた彼の背中を見送りながら私は小さな達成感に心を震わされていた。

◆

「やったー！　美味しかったって！　やっぱり私のお菓子はこっちの世界でも通用するんだ！」

最初のお客様が帰ってからおよそ一時間くらい経って、初めての閉店時間を迎えた私だったが、褒めてもらったことが嬉しすぎてニヤニヤが止まらなかった。

本当に怖かったよ。お客様が一人もこなかったときはどうしようかと思ったもん。

初日にお客様がゼロなんて笑えない。

それに、やっときてくれたお客様がノーリアクションだったときはどうしたものかと――。

「あれ？」

そのとき私は嫌なことを思い出した。

今日一日店を開けて、お客様がたったの一人？　オープンした初日に売れたのはマドレーヌが二つだけ⁉

「大赤字だよ！」

思わず声が出て、再び床に膝をつく。

褒められて浮かれていたが結果は散々たるもの。

一日商売をしてお客様が一人しかこないなんて、やっていけるはずがない。

このままじゃ、店が潰れるのは時間の問題だ。

「こうしちゃいられない。……そ、そうだ。宣伝！　宣伝しなきゃ！」

私ってば、菓子作りばっかりで他のことに頭が回らなすぎていた。

人通りがなくてお客様がこないなら、せめて宣伝。ここにお菓子屋があるよ、って多くの人に知ってもらえるように宣伝する必要がある。

わざわざこの店にお菓子目当てで寄ってもらえるように、なんとかしなくては……。

(でも、どうやって？　宣伝ってどうすればいいのかしら)

宣伝といえばホームページやＣＭ……。いやいや、バカなのか私は。そんなのこの世界にはない。

首をブンブン振って、前世にいた世界でしかできないような宣伝方法を頭から追い出す。

この世界で、しかも手軽にできる宣伝といえば……。

「チラシを作ることかな？　うーん」

ようやく思いついたのはチラシを作ることくらいである。

しかし、これが一日に一人しか店にこないような状況を打破する手段だと考えると、あまりにも平凡だ。

果たして私が描いた手作りのチラシを見て何人がくることやら。なんともアイデアとしては頼りなく感じられる。

「はぁ……、上手くいくかわからないけど、それしか思いつかないもんなぁ。……ん っ？」

ため息を吐いて、ふとカウンターに目をやると持ち帰り用の包装紙が目についた。この包装紙を使って……。もしかしたら、上手《うま》く宣伝することができるかも。

（師匠……、あのとき言っていたことは本当ですか？）

私はフランスに留学したとき菓子作りのイロハを教えてくれた師匠のことを思い出す。

私の師匠はフランスで甘味の魔女《ラ・マジェ・パティシエール》と呼ばれており、国内で随一の天才菓子職人として知られていた。

店は三ツ星を得るほど盛況《せいきょう》で、フランスだけでなく世界中から彼女の菓子を求めてやってくるほど。よくもまぁ、日本の高校を卒業したての私を弟子にしてくれたものだ。

彼女は優れた菓子職人の創る甘味には魔法のような力が宿り、食した者を魅了すると私に教えてくれた。

『あなたには天性の味覚がある。繊細で未知なる味を探求することができるような、特別な舌よ』

『師匠？』

『きっと、いい魔法使いになれるわ』

師匠の魔法は世界中に知られており、私もそんな師匠のようになれると太鼓判を押してもらっていた。

だからこそ、私は志《こころざし》半ばで死んでしまって彼女に申し訳ないという思いが強い。

……その話は置いておいて、宣伝についての話に戻そう。

そんな師匠は〝口コミ〟こそが現代のハイテクを駆使《くし》した宣伝よりも力が勝《まさ》る、と常日頃から言っていた。

見返りを求めぬ、客の生の声こそが最上の宣伝文句になる。

その最《さい》たるものがＳＮＳのいわゆるバズりなんだろう。伝言ゲームによって、ドンドン拡散されていき、あっという間に広がる情報。

確かに口コミの力は侮れないものがある。

もちろんこの世界にはＳＮＳはない。しかしアナログな口コミでも王都内くらいなら十分広がるだろう。

「生の声、そうだ！　これしかない！」

いいアイデアを思いついた私は白い包装紙と万年筆を用意する。

これは中々時間がかかりそうだ。また徹夜になるかもしれない。

まずは大量の包装紙を用意して、と。それから……。

「メニューは焼き菓子がいいかな。持ち運びやすいし」

包装紙の準備が終わったら次はお菓子だ。

私は最高の宣伝をするために腕をまくって、菓子を作る。

たくさんのお客様にまずは私の作る菓子の味を知ってもらおう。

そうすればきっとこのお店にたくさんのお客様がきてくれる。

もちろん根拠なんて全然ないけど、今の私が信じられるのは長年の経験で培ったこの腕だけなのだ。

「よーし！　ドンドン作るぞー！」

もう一度、私は気合を入れる。明日の朝は早い。

王都で魔法をかけるために、私は腕をまくった。

◆

「よいしょっと。上手くいくかイマイチ不安だけど、これしか思いつかなかったもんな～」

結局、今日もほとんど眠れず終《じま》い。

私は風呂敷いっぱいに包装紙で包んだ焼き菓子を詰めて、王都の中心地へと向かう。

お客様がこないならこちらからアピールするしかない。

王都で一番人通りの多いところで私はお店の菓子の宣伝をしようと考えた。

安直な方法だと思ったけど、師匠はお客様の生の声こそ最大の宣伝文句だと言っていた。

だから私はここでまずは食べてもらうことからスタートすることにしたのだ。

「よしっ！　これだけ人がいればきっと……」

やはり王都の中心地は朝から賑わっている。お店もたくさんあるし、外れにある私のお店の前とは歩いている人の数が大違いだ。

私は意を決して風呂敷を開く。そして、大きく息を吸った。

「ただいま無料でお菓子を配っています！　お一ついかがですかー⁉」

「「――っ⁉」」

お腹の底から大声を出して、私は無料でお菓子を配っていると告げる。

この〝無料〟というワードは強い。私の声を聞いて、何人かが足を止めてバッと私のほうを見た。

「これ、お菓子なのか？　無料って本当に？」

「へぇ、なにが入っているのかしら」

「はい、無料ですよ。こちらの中身はクッキーですね。一つ召し上がりになりますか？」

足を止めた男女がこちらに近付いて興味深そうに包装紙を見たので私は包装紙を開けて見せた。

包みの中には様々な焼き菓子が入っているのだが、これはクッキーだったみたいだ。

今回はこれら全部を無料で配る。お店の味を知ってもらうのが目的だから大赤字は覚悟の上だ。

どのみちお客様がこなくては終わりなのだから、私は思いきってこういうやり方をしてみた。

「ちょうど小腹も減っていたし、食べてみようかな。……カリッ」

「じゃあ、私も～。……サクッ」

「――っ⁉　お、おいしい～～‼」

二人は私のクッキーを一口かじった瞬間に目を見開いて美味しいと言ってくれた。

ああ、この瞬間がたまらない。昨日の銀髪のお客様はノーリアクションで不安だったけど、こうやって食べた瞬間に至福の表情を見せてもらえると「作ってよかった」と心の底からそう思える。

「な、なんだこれは⁉　カリッ、サクッと小気味よい食感とともに突き抜ける甘さと優しく包み込むような香ばしさ。気付けば喉の奥をサラッと抜けていく儚さがまた、次の一枚を欲してしまう‼」

「この香りもいいけど、甘すぎない絶妙な塩梅が上品で一枚、一枚の満足感を高めていると思うわ！　あっ！　もうなくなっちゃった！」

食レポがすっごく上手な通行人でいらっしゃった……‼

二人のリアクションを聞いた人たちがこちらに集まってくる。

よし、ここからが大事な宣伝だ。お店のことを言わなきゃ。

「昨日から王都の外れでお菓子屋さんをオープンしました！　あ、あの！　この包装紙にお店までの地図が描いてありますので！　是非ともよろしくおねがいします！」

　私はお店までの地図を包装紙に描いて、無料でお菓子を配るという方法で宣伝することを思いつき、実践した。

　もちろん、無料とお金を払ってまで食べたいかどうかは大きな差があるのは承知している。

　でも、このお菓子を食べた人のうちの何人かが常連になってくれて、それから口コミで評判が広がれば……、という可能性に私は賭けてみようと思ったのだ。

「ふーん。こんなところにお菓子屋さんか」

「ちょっと遠いわね」

　やっぱり遠いんだ……。こんなところって言われちゃったよ。

　これって、わざわざお店にこようと思えるくらいの魅力がなきゃダメってことだよね。

「なら俺らも宣伝に協力しなきゃ、だな。この地図、もらっていくぞ」

「そうね。こんなに美味しいクッキー初めて食べたもの。友達にもオススメしといてあげる」

「えっ？　あ、ありがとうございます！」

優しすぎる。二人とも、優しすぎるよ〜。

私のクッキーを食べてくれた二人は友達にも宣伝してくれると包装紙を持っていってくれた。

久しぶりに人の温かさに触れてほっこりとした気持ちになる。

「おーい。これ、本当に無料なのか？」

「いいなー、私にもちょうだい」

「うまい！　うますぎる！」

「このマドレーヌも最高！　新しくできたお店かー」

うわっ！　すごいな。次々に人が押し寄せてくる。

結構たくさん作ったのに、すぐに全部なくなってしまったよ……。

最初の二人が最高のリアクションをしてくれたので、それを見た人たちがドッと集まってくれたのは運が良かったなー。

「それにしても、みんな美味しそうに食べてくれてよかったわ」

確かな手応えを感じて私は王都からお店までルンルン気分で歩いて帰る。

甘いものを食べて幸せそうな表情をする人たちを見るのが好きだった。

久しぶりに多くの人たちが満足そうな顔を見せてくれたので、つい嬉しくなってニヤニヤしてしまう。

無料で配るという作戦は正解だったな。有料だったら、あんなにたくさんの人が足を止めてはくれないだろう。

「んっ？　無料？」

どうして私はすぐにネガティブなことを考えちゃうんだろう。

ひょっとしたら、タダだからあのリアクションだったのでは？

私はなんだか急に不安になってきた。

あれだけ美味しいって言ってくれたのは無料で食べられたからこそなのかもしれない。

「いやいや、それでもあんなに反応が良かったんだから、宣伝効果がまるっきりゼロということはないと思う、多分……」

店に帰ってからも不安な気持ちが拭《ぬぐ》えない。

それでも、何人か客がくるはず。そうであってほしい。

そんな願いを込めながら、私は翌日のための仕込みをする。そして、それを終えたらグッタリして睡魔に襲われた。

無理もない。ここのところ開店や宣伝の準備でほとんど寝ていなかったのだから。

（ダメだったら、また別の方法を考えなきゃ。お金もそろそろ不安な領域だし――）


そんなことを考えながらも、私はいつの間にか眠ってしまっていた。

そう。意識がプツンと切れた感じで気がついたら朝だったのである。

（なんか外がザワザワと騒がしいなぁ）

人の声や足音などがいくつも聞こえたことに違和感を覚えながら眠たい目をこすり、私は起き上がった。

まだ開店まで時間がある。一体、なんの騒ぎだろう。

「えっ？　こ、これは……」

「おっ！　もう開店か？」

「すっごく美味しいって聞いたから、きてみたんだけど」

「なんか初めての感覚だったらしいぞ」

外に出るとびっくり。なんとお店の前に行列ができていた。

あはは、まさかこんなに上手くいくなんて……。私はこっそりと手の甲をつねる。

（痛たたた、ゆ、夢じゃなかった）

手にじんわりと広がる痛みとともに目の前の光景が現実だとわかり、私は大きく深呼吸した。

　これだけのお客様を幸せにできる。そう考えるだけでワクワクが止まらなかった。

◆

「お待たせいたしました。マカロンです。キャラメルとレモン、それにストロベリーの三種類がそれぞれ三つずつ入っておりますので、お値段は――」

「隣のお嬢ちゃんから美味しいって聞いて。期待してきたのよ。はい、お金。美味しかったらまたくるわ」

「はい！　ありがとうございます！」

　日に日に忙しくなる店内。

　評判を聞きつけたお客様がやってきて、その方がまた別のお客様に宣伝してくれるという理想的な展開で、ドンドン来店者数が増える毎日。

「この前はクッキーだったから、今度はタルトにしようかな。レナちゃん、どれがオススメ？」

「お、オススメですか？　どれも美味しいですけど、この季節でしたら旬のフルーツのものがいいので――」

すでに複数回お店にきてくれるお客様もおり、私も名前を覚えてもらって接客にも熱が入る。

こうして少しずつ常連さんが増えてくれればさらに店の経営は安定するはずだ。

「そっか、じゃあこれを十個もらうよ。うちには食べ盛《ざか》りの子が四人もいるからねえ」

「そうなんですね！　でしたら是非お子様からも感想を聞いておいてください」

「はっはっは、わかった。今度きたときに伝えるよ」

家族がいるお客様は一度にたくさん買ってくれるから、お店としてはありがたい存在だ。

もちろん、一人分を買ってくださるお客様もありがたいし、量で接客を変えるようなことはしないが、売上という面で見ればやはり多く買ってくれるお客様は貴重である。

（ああ、ようやく夢が叶いそうだわ。このまま、順調にお客様が増えてくれれば必ず軌道に乗ってくれる）

私は自分のお店を持って、接客できるという喜びを噛み締めていた。

目まぐるしく動くことを余儀なくされたが、それが楽しい。

お客様の笑顔を見られるならいくらでも動ける。エンジン切れなど起こさない。

(あれ？　あの人は……)

騒がしい店内の音をすり抜けるようにカランと鈴の音が私の耳に届く。

目を向ければフードをかぶった銀髪の男性がこちらに歩いてきた。

最初のお客様だ。あの雪の結晶みたいに透き通るような銀髪。見紛《みまご》うはずがない。

「いらっしゃいませ。先日はどうもありがとうございます。最初のお客様に褒めてもらえて嬉しかったです」

「……そうか」

私が彼に褒められて嬉しかったと伝えると、彼はチラッとこちらを見て短く返事をする。

そしてショーウィンドウのほうに視線を送った。

どうやら今日は〝一番甘いもの〟みたいな変な注文はしないみたいだ。

(ホッとしたわ。あんな注文初めてだったからちょっと怖かったもの)

しばらく待っていると銀髪のお客様が、指を指しながら注文を伝える。

「マドレーヌを五つ。それにクッキーを一箱もらおうか」

「承知いたしました。持ち帰りでよろしいでしょうか？」

「……ああ」

思った以上にたくさん注文してくれたので、きっとここでは食べないのだろうと判断する私。

この前見た感じだと私と変わらない年齢だと思うから、自分の子供のためという感じではなさそう。

もしかして、プレゼントかなにか？　そういうお客様もいたし。その可能性は高い。

「プレゼント用でしたら、リボンをつけてラッピングもしますが。いかがでしょうか？」

「プレゼント？」

「はい。サービスですから料金はかかりませんよ」

こういうとき、やはり気を利かせないと。

私はラッピングも結構好きで完全な趣味なんだけど、可愛い感じで包めるように練習していたのだ。

彼が誰に贈るつもりなのかわからないが、プレゼントされるにあたって、きれいにラッピングされるのを嫌がる人はそんなにいないだろう。

「……で食べるから、……ない」

「はい？　す、すみません。お声が小さくて聞き取れませんでした」

銀髪のお客様はボソッとなにか呟いたが、それは店内の音にかき消されるくらい小さかった。

「はぁ……」

私は申し訳ないと思いつつ、彼にその旨を伝える。

「お、お客様？」

ま、まさか、怒らせてしまった？　私が彼の言葉を聞き取れなかったから。

言い訳したくないけど、本当に小鳥のさえずりよりも小さかったんだもの。

でも、コンビニでタバコの銘柄わからなかったり、年齢確認ボタンを押させようとしたりするくらいで怒鳴るお客様は前世でもいたし、不思議ではないか。

ここは、もう一度謝って機嫌を直してもらうしかない。

「あ、あの――」

「全部一人で食べるからラッピングしなくていい！」

「えっ？　あ、すべてお一人で」

「そうだ。悪いか？」

フードの中から照れたような表情をのぞかせながら、彼はマドレーヌとクッキーをすべて一人で食べると宣言をした。

な、なるほど。それは私の想像の及ばないところだった。

なんとなくこの方が一人でこんなにたくさん食べると思わなかったので、私はつい誰かにあげるのだろうと要らない気を回してしまったのである。

それにしても、なんて恥ずかしそうな顔をしているんだろう。大きな声に呆気《あっけ》にとられてしまったけど……。

「くすっ」

「客を笑うとは失礼なやつだな」

「も、申し訳ありません」

堪えられなくて私はつい吹き出してしまった。

なんというか、ぶっきらぼうで無愛想だった彼のイメージとのギャップがありすぎて、面白くなってしまったのだ。

それを聞き逃してもらえるはずもなく、銀髪のお客様は不機嫌そうな声をもらす。

いけない。本当に私は失礼なことをしている。

とにかく急いで注文の品を渡さなくては……。

「あ、あのう。本当に申し訳ありません。わ、私はその」

「……ふぅ、またくる」

「は、はい。またのお越しをお待ちしております！」

謝りながら品物を渡すと、彼は次の来店を約束して背を向けた。

これは、許してくれたってことかしら？

深々と頭を下げて彼を見送る。この日もお店は大盛況。私は自分のお店に確かな手応えを感じていた。

◆

「こんなに忙しくなるなんて」

連日お客様が増えた、とは思っていたが思った以上に繁盛《はんじょう》してしまった。

嬉しい悲鳴とはこのことだが、店員は私一人なので必然的に毎日が疲労との戦いとなる。

（師匠のところにいたとき、一日でマドレーヌ四百人前作れみたいな無茶ぶりされ

たけど、その修業の成果がようやく試されるみたいね)

フランス留学してから修業に明け暮れる日々を送った私だったが、師匠はついてこれなかったら破門だと言いつつ毎回厳しい課題を出された。

何人も弟子が逃げ出したという超スパルタ的な修業。菓子作りの厳しさを身をもって知ることになった私は、何度か弟子入りしたことを、後悔したものだ。

「お待たせしました。シフォンケーキです」

「お荷物はこちらですね」

「ご注文を繰り返します。フルーツタルトがお二つに……」

でも、そのときの修業があったからこそ今のこの状況でもやっていけるようになったのである。

色んなことを同時に効率的に動きつつ、お店を切り盛りしなくてはならない状況。それでもパンクせずになんとか回せているので、私は師匠の厳しさに感謝していた。

「レナちゃん、随分と安いけどやっていけるのかい?」

「本当はちょっと厳しいです。なので皆さんたくさん食べてください」

「仕方ないわね。もう一箱買っちゃおうかしら」

値段は王都の相場よりもリーズナブルに設定している。

やはり場所が遠いと感じる人も多いので、そこは少しでも安めにしなくては美味しくともお客様の足が遠のくと思ってしまったのだ。

この値段設定が功を奏したのか、みんな喜んでお菓子を買ってくれるようになり、店は特に平民の人たちに愛されるようになっていった。

「……マドレーヌを三つ。ここでいただこう」

「はい。いつもありがとうございます」

そして先日少しだけ怒らせてしまった銀髪のお客様も毎日顔を出してくれるようになった。

しかしこのお客様。最初の日以外、ずっとフードをかぶっている。

まるで顔を誰にも見られたくないって言っているみたいに……。

信じられないくらい整った顔立ちだったから、余計に不思議だ。

(とはいえそんなことを聞くわけにもいかないわよね。隠したい理由があるに決まっているんだから)

恥ずかしがりで内気な人もいるし、彼もそうなのかもしれない。

毎日お店にきてくれる常連なのだから、そっとしておこう。

私は聞きたいという気持ちをなだめながら、接客に徹することに決めた。

彼は忙しいときには持ち帰り、時間があるときはできたての菓子と紅茶を上機嫌そうに楽しんでいる。

「……うん。いい香りだ。持ち帰るとこれが楽しめなくなるから少しだけ寂しい」

紅茶の香りを楽しみながら、彼は嬉しい感想を伝える。

最初に会ったときはほとんど口をきかなかった彼だったが、店にくるにつれて口数が少しずつ増えてきた。

「……またくるよ。美味しかった」

去り際に必ず、「またくる」と約束してくれる彼。

一体、何者なのかさっぱりわからないが、私の作る菓子の味を気に入ってくれたのだけは間違いない。

「ありがとうございました。またのご来店をお待ちしております」

料理対決で不正をしたと糾弾《きゅうだん》され、家が没落したときはどうしたものかと思っていたが、今はとにかく毎日が楽しい。

明日もまた彼はくるだろう。それに他のお客様も。

どうかこんな日がいつまでも続きますように。

閉店時間を迎えるたびに私はそれを切《せつ》に願っていた。

◆

「ふぅ～、さすがに連日働き続けると疲れが溜まるなぁ」

長年の貴族生活で私はすっかりなまってしまったらしく思ったよりも疲れていることに気がついた。

やはり週に一度くらいは休んで、英気を養ったほうがいいかもしれない。

前世の私は体を鍛えるように師匠から厳しく仰せつかっていたので、毎日十キロのランニングは欠かさず行っており、日々の修業を乗り越えていた。

だから滅多なことでは疲れなかったのだ。

しかし、レナとしての生活は労働とは無縁なのでパフォーマンスが落ちなかったのが幸いで、体力だけは誤魔化《ごまか》せなかったみたい。

(今日まで休まず頑張れただけでも上出来だよね)

ということで、今日は店休日とした。これからは定期的にお休みすると告知して、昼まで寝ていたのである。

（ああ、このままベッドから出たくない。出たくないけれど……）

一回休むとガタガタって疲れというものは押し寄せてきて、私はベッドから出るのすら苦心する。

だけどここでいつまでもゴロゴロしているわけにはいかない。

今日の日を休みにしたのには、疲労が溜まったこと以外に理由があるのだ。

「買い出し、行かなきゃな。材料も思ったよりも早く尽きそうだし、〝マナメダル〟ももうすぐ足りなくなりそう」

そう。お菓子が無から生み出されるはずがない。

当然、私は開店前に大量の材料を買いつけていたのだ。それに、〝マナメダル〟も……。

〝マナメダル〟というのは魔道具を動かす電池みたいなものだ。もっとかみ砕けば燃料だと言ってもいい。

大きいのから小さいのまで様々な種類があるが、基本的にこの世界の魔道具は〝マナメダル〟から魔力を吸い取って動く、という仕組みになっている。

キッチンで火を起こすのも、冷やして保管するのも魔道具によって成立しているので、〝マナメダル〟が足りなくなると大変困る。

だから私は材料と〝マナメダル〟を王都で一番賑わっている商店街に買いつけに行く予定だったのだ。

「うーん。だいぶ疲れは取れたから、そろそろ本当に起きなきゃ。……よいしょっと」

せっかくの休日をダラダラとして潰すわけにはいかない。

私は立ち上がって、着替えをする。そして金庫から幾ばくかのお金を持ち出して、商店街へと足を進めた。


「ふぅ、ようやく買い物が終わったー。材料は今日の夕方くらいには届けてもらえるように手配したし、〝マナメダル〟もこれだけあれば当分は足りるはず」

袋にぎっしりと詰まっている〝マナメダル〟の重量を感じながら、私はお店に戻ろうとする。

今から帰って、明日の準備を早めに終わらせて、もう少しだけゆっくりしよう。

明日のパフォーマンスが落ちたらお客様に最高のお菓子を提供できなくなる。体力を完全に回復させなくては……。

「おーい。こっちこっち」

「この辺で見る？」

「ええ、そうしましょう」

「あれ？　レナちゃんじゃないか。買い物かい？」

大通り付近を歩いていると、お店の常連さんたちに声をかけられた。

どうやらなにかを見物にきたらしい。一体、なにがあるのだろう？

「はい。材料や〝マナメダル〟の買い出しに。みなさんはなにかご覧になりにきたのですか？」

「ああ、そうだよ。今日はパレードがあるのさ」

「パレード、ですか？」

なるほど、今日はパレードがあるのか。

王族の誰かにおめでたいことがあったのかな。

この国の王族はなにかのイベントごとにパレードをする風習があるからなぁ。

お祭りみたいになって、王都の国民は喜んでいるみたいだからいいけど、税金の無駄遣いとも言える。

とはいえ、私も前世の記憶が戻るまでは楽しく見ていた。そう考えると派手な催《もよお》しも無意味ではないか……。

「レナちゃん、今日はアルフレッド様のお誕生日よ。ダメじゃない、覚えておかなきゃ」

「あ、はい。そうでしたね。あははは」

アルフレッド・オルロン。オルロン王国の第三王子だ。

貴族の嗜《たしな》み、いや平民も含めて王都に住む人々は基本的に王族の誕生日は覚えている。

私ももちろん覚えていたのだが、前世の記憶が戻った影響でその辺の記憶があやふやになってしまってピンとこなかった。

常連さんの一人は呆れたような口調だったが、それだけ常識的なことなのである。

「あれ？　でも、アルフレッド様は留学中だった気がするんですが」

「最近帰ってきたんだよ。君、お菓子作りに忙しいのはわかるが、新聞くらい読んだほうがいいぞ」

「す、すみません」

またもや失言をしてしまう。

そうか。アルフレッド様は四年ほど隣国に留学していたのだが、帰ってきたんだ。

確かすごく学力優秀だったんだけど、国王陛下がもっと高度な教育を受けさせたいって学術のレベルが高い隣国の王立学院に入れさせたんだっけ。

隣国の王立学院は大陸で一番の教育機関だと呼ばれているから、海外からの留学者も多いとはいえ、王子が留学するのは珍しい。

その話を聞いたとき随分と教育パパさんだな、と思ったものだ。

どうやら上の王子たちがあまり勉強ができなかったらしく、国王陛下はそれが原因で教育に目覚めたらしい。

それに上の二人の兄よりも王位継承順位が低いからなのか、王というよりかは優秀な参謀みたいなポジションになってほしいと希望しているという噂も聞いたことがある。

(私もフランスに留学したけど、それは好きなことがやりたくて自ら望んで……だもんね)

アルフレッド様はどうなんだろう？　国王陛下の命令だから仕方なく留学したのかな？

異国の地で独りぼっちという状況は自分の夢のためとはいえ、結構精神的にくるものがあった。

もちろん師匠の弟子になったことは嬉しかったのだが、そういうプラス要素があっても不安というのはつきまとう。

だからもしも無理やりだったとしたら、その心労は想像もできない。

「ほら、パレードが始まったみたいよ」

常連さんに肩を叩かれて、大通りの奥を見ると荘厳《そうごん》な音楽とともにきれいに隊列を組んだ兵士たちが規則正しく歩いてくる。

こうやって王族たちのパレードを見るのは初めてだな。

貴族時代はパーティー会場で到着を待っているのが普通だったし、平民の視点からするとこういう感じなのか。

まさに雲の上の存在。伯爵家が没落したのをこういう形で再び思い知った。

とはいえ、私は不幸だとは感じていない。短い間で常連さんもできた。みんないい人たちだ。

この人たちだけじゃない。銀髪のお客様も毎日、お店に顔を出してくれる。

まぁ、あの人は恥ずかしがり屋さんだから初日以外に顔を出すと言ってもフードをかぶっているからまともに顔は見られないけれど。

それにしても、すごく美形だったな。目鼻立ちがあんなに整っていて、見るものを惹き付ける容姿。

あまりにも美しくて、時が止まったように錯覚したのを覚えている。

「おおっ！　アルフレッド殿下だ！　立派になって」

「噂どおりの美男子ね」

「男の俺でもわかる。ありゃあ、一種の芸術だな」

そうそう、あんな感じ。芸術と言われるのもわかる気がする。

あの幻想的で美しい銀髪もさることながら、瞳もまるで宝石のように——。

「あれ？　えっ⁉　あ、あ、あの人は……！」

「どうしたんだい？　レナちゃん、急に口をパクパクさせて。アルフレッド様がどうかしたのかい？」

「あ、えっと、だって、そのう」

目を疑いたくなるような光景に私は混乱してしまう。

だって、あの人はいつもお店にきている……。

そう。あそこで高貴な衣装を身にまとって、手を振っている銀髪の王子様は間違いなく彼だ。

（嘘でしょ。あの常連の銀髪のお客様が第三王子アルフレッド様⁉）

とんでもない事実が発覚して理解が追いつかなくなり、上手く言葉が出ない。

だけど見間違いの可能性はゼロだと言い切れる。あの顔を見紛うはずがないからだ。

「だが信じられねぇな。あれだけの美形で王子様ときている。未《いま》だに婚約者がいないっていうのはどういうことだ？」

「そりゃあ、あれだろ？　留学していたから、じゃないのか？　まぁ他の二人の王子様には婚約者はいるんだし、陛下も焦ってないのさ」

どうやら留学から帰ってきたばかりのアルフレッド様には婚約者がいないらしい。

うーん。私がガウェイン様と婚約したのは十四歳のときだから、遅いといえば遅いよね。

アルフレッド様は確か私と同い年だったはずだ。

「どうもそれだけじゃないみたいよ。アルフレッド様、あの見た目だから帰ってくるなり社交界で令嬢たちを虜《とりこ》にしたんだけど、すっごく無愛想で〝氷の王子〟というあだ名をつけられてしまったんだって」

「ほう。硬派なのか。今どきの若者にしては珍しいな」

「硬派なんてもんじゃないよ。話しかけても、全然会話なんてできないレベルなんだから。ご令嬢も怒りを買うわけにはいかないから、下手に近付けないのさ」

ああ、確かに信じられないほど愛想がなかったな。

最初にきたときもぶっきらぼうすぎて、怖かったもの。

社交界は交流の場とはいえ、変にグイグイと距離を詰めて王族の不興を買ったら家の存続に関わる。

王族との縁談は喉から手が出るほどほしいという家は多いだろうけど、一歩間違えたら私の家みたいに没落するからね。

貴族たちもそれはもう、慎重にことを運ぼうとするはずだ。

「でも、あの銀髪。この前、見たあの人に似ているわね」

「んー、あの人？」

「ほら、レナちゃんのお店でいつもフードかぶっている銀髪の男いるじゃない」

「ああ、確かにあの野郎も銀髪だったなー」

いや、似ているじゃなくて本人ね。あの野郎なんて言ったら不敬罪一直線だよ～。

でもフードをかぶっている理由がわかった。王子様だとバレたくなかったからだ。

つまりアルフレッド様はお忍びで私のお店にきているのである。

「あの人がアルフレッド様だと言いたいのか？」

「まさか～。王子様が王都の外れでお菓子を買うわけがないじゃない」

「はっはっは、違いないや。レナちゃんの菓子は確かに美味いが王子様がくるような店じゃないからなー」

仰るとおり。あのお店は王族の方がくるような店ではない。

だけど、実際にアルフレッド様はこられた。しかも、初日に。宣伝するよりも前にきて、最初のお客様としてお菓子を召し上がってくれたのだ。

（謎すぎるわね。一体、どうしてアルフレッド様は私の店なんかにきたんだろう？）

考えども、考えども、答えは見つからない。

当たり前だ。こんな状況、常識という物差ししか持たない私ではとても計れない。

「それじゃあ、レナちゃん。また食べに行くからね」

「美味しいの用意しておいてくれよ」

「気をつけて帰りなさい」

「また食べに行くぜ」

考えているうちに、いつの間にかパレードは終わっていた。

常連さんたちは見物が終わったのでもう帰るみたいだ。

「はい。明日からまた頑張って営業しますので、是非いらしてください」

ペコリと頭を下げて私は王都の外れへと足を向ける。

アルフレッド様の件は不可解だったが、いつか聞けばいい。

それよりも明日からまたお客様に満足してもらえるように営業することのほうが何倍も大切だ。

お店も軌道に乗ってきた。手応えもある。

衝撃の事実を知って動揺した私だったが、切り替えて明日からの仕事に頭を働かせることにした。

(前世では事故死して、家が一回没落して、精神的にはタフになっているのかも)

思った以上にあっさりと切り替えに成功して私はある意味自分が強くなっていることを実感する。

「よーし、頑張るぞー！」

いつものように前向きに気合を入れる私。

時々、ネガティブになることもあるけれど、とにかく前進しよう。

こうして初めての店休日は幕を閉じた。

◇アルフレッド視点

「さっさと食べてしまわないと、な」

「……あと、三十分で公爵家主催の舞踏会です。お急ぎください」

「わかってる、わかってる。だが中々どうして食べきるのが惜しくなるのだ」

最後の一つのクッキーを食すのを惜しんでいると、ハンスは早く食べろと急かす。

彼は僕が城を抜け出しているとき、代わりに部屋で影武者のような役割を担ってくれている。

かれこれ、七年ほどになるだろうか。そのうち四年は留学中で頼めなかったが、王宮にいる間は彼の協力もあって僕は城下町で甘味を楽しむことができた。

「最近、お出かけする頻度が多くないですか？　さすがに不審がられますよ」

「大丈夫さ。陛下には論文を出すために部屋にひきこもって勉強していると言っている。邪魔をしないようにお願いもしている。そもそも、お前がいなくても大丈夫なのだ」

「それなら、私を影武者になどしなくてもよいではありませんか」

「そこは、まぁ。念の為かな」

ハンスは口を尖らせて苦情をいう。仕方ないことだ。

僕のわがままに付き合ってもらっているのだから。

これもすべて父である陛下が突然教育に力を入れたのがきっかけだ。

あれはまだ僕が幼かったとき、僕はとある知能テストを受けた。

その点数を見るや否や、僕の教育係は天才だの非凡だのと、のたまった。

『そうか。アルフレッドは勉強ができるのか。それはいい。はっはっは！』

陛下はそれを聞いて大層喜んだらしい。それが僕の不幸の始まりだった。

どうやら陛下は勉学が不得手だったことがコンプレックスのようだ。二人の兄上は剣術や馬術など武芸方面は才能豊かなのだが、こちら方面の成績は芳しくない。

だからこそ、陛下の僕に対する期待はそこからグンと大きくなった。

『お前は勉学に励み、兄たちを助けるのだ。将来この国の頭脳として国の繁栄に導いてくれ』

そこから陛下は厳しい教育を僕に施《ほどこ》すようになる。

それ自体はあまり苦に感じなかった。僕も知的好奇心を刺激されるのは嫌いじゃなかったし、勉学に関して言えば一度見聞きすれば大体なんでもわかったので苦労しない。

勉強漬けは逆に良くないと自由時間も与えられたし、体を動かしてリラックスしたほうが良いという教育論を聞いてからは、乗馬などの時間も取るようになった。

陛下は大陸中から教育論の権威と呼ばれる人たちの意見を積極的に採用して僕に実践させていたのである。

だが、困ったことが一つあった。

甘いものはバカの食べるものだという、教育学の権威学者の本を真に受けて、一切菓子類などを禁止したことだ。

兄たちは普通に食べているのに僕だけ甘味を与えられなくなったのである。

それも僕は受け入れていた。お前だけは食べてはダメと言われたのをなんの疑問もなく、そういうものだと思っていたのだ。

だが、ある日のこと僕の価値観は劇的に変わる。

『アーくん、これあげる』

『んっ？　なんだこれ？　はむっ……、こ、これは⁉』

幼馴染の友人がくれた角砂糖。その甘みは僕の脳天を大きく揺さぶった。

世の中にこんなに美味しいものがあったなんて。その世界を知らずに生きていたなんて。

たった一つの角砂糖の味が今まで抑圧されていた僕の感情を一気に解放したのだ。

『ハンス、頼みがある。この先、僕はテストで満点を取り続ける。その手柄をすべて君にやる。だから――』

僕は教育係でもあった友人のハンスに協力を頼んで、こっそりと城を抜け出すようになった。

そして王都の菓子を食べ歩くことを趣味としたのである。

「ほら、留学中に密かに書きためた学術論文。アリバイ作りに利用できるだろ」

「こ、こんなに⁉　どれも革新的な内容ばかり。確かに一朝一夕ではできないものばかりです」

「僕はこれを書くために引きこもっていた。君からはアドバイスをもらっていた。万が一、僕の不在を問い詰められても、外に出て草木の観察をしにいった、とでも言ってくれ。植物学の論文もあるから」

「そ、そこまでして、殿下は甘味を求めて……」

留学してからは監視が厳しくてほとんど甘いものが食べられなくて、フラストレーションが溜まる日々だった。

そんな僕の頭の中にあったのは如何《いか》にして戻ったときに菓子を思う存分食べるか、である。

隣国の王立学院は確かに進んだ研究をしていてレベルは高かったが、授業の合間に論文を書きためることくらいはできた。

これらを帰国してから小出しにする。そうすれば、僕は自らの研究に没頭していたとアリバイ作りができる。

戻ったときに留学時に食べられなかったぶんも楽しむ。それだけを夢見て僕は論文作成に打ち込んだのであった。

しかしながら、ことはそう上手く運ばないものである。

留学期間が終わって王都に戻った翌日、ハンスに留守番を頼んで行きつけの菓子屋に向かった。

そのときの僕といえばもう期待に胸を膨らませ、興奮が止まらなかった。

なんせ四年ぶりだ。四年間も大好きな甘味を摂取することを禁じられていたのだ。

そのフラストレーションがどれほどのものか口で言い表すには僕の語彙《ごい》力をもってしても足りない。

『う、嘘だろ……』

そんな僕が行きつけの菓子屋が潰れていたときの絶望。それも計り知れないものだった。

四年という歳月は残酷だ。行きつけの菓子屋は店主が高齢で亡くなってしまい、店主には跡継ぎがいなかったので潰れる他には選択肢がなかったのである。

（あのときは目の前が真っ暗になった。たかが菓子一つの話なのだが、僕は思った以上に甘味に飢えていたんだ）

今考えると笑ってしまうが、はっきり言って絶望していた。

四年間我慢して、やっとのことで得られたこの機会。それを予想外の形で裏切られたのだからな。

だからこそ、あの香りに気付くことができたのだろう。

おおよそ普通の人間なら無視するであろう微細な香り――しかし甘味を欲するあまり、鋭敏になっていた僕の嗅覚はそれを捉えるに至ったのだ。

『バターの香りがする……。かなり距離があるが、間違いない』

ここは王都の中でも端のほうの店だったが、さらに外れの人通りのない場所から甘い香りがするのを感じて、フラフラとそちらへと僕は足を向ける。

亡霊《ぼうれい》のように、香りに引き寄せられるように、僕は王都外れのとある店へと赴いたのである。

『……匂いの出どころはここか』

その店はこぢんまりとしていて、周囲の人気のなさからみすぼらしい印象を受けた。

しかし看板を見るに菓子屋であることには間違いない。それにこの匂い、なにかしらの菓子は用意されていそうだ。

行きつけの菓子屋でないのは不満であるが、もう我慢も限界ときている。

なんでもいい。一欠片《かけら》の角砂糖でもいいから口に入れたい気分だった。

(店主にしてみれば失礼な話かもしれん。あのときの僕はこの店になんの期待もしていなかった)

カランという音を立てて扉を開くと、店主が一人膝をついて悲壮感を漂わせていた。

ふむ。どうやら店の中には誰もいないみたいだな……。

客もいないので味は期待できないとがっかりするが、とにかく甘味の禁断症状を抑えるのが先決だ。

『……この店は、やっているのか？』

『――っ⁉　えっ？』

僕は店主と思しき女性に確認の意味を込めて質問をした。

あまりにもガランとしていたのでもしかしたら店休日である可能性もあると思ったからだ。

よく考えたら嫌味な質問かもしれない。おそらく僕も気が立っていたのだろう。

店主は僕の質問に驚いたのか、呆気にとられた顔をしていた。

長くきれいな黒髪、そしてどこかに気品を感じるその雰囲気。エプロンをつけて安っぽい服装はしていたが、どうも平民には見えない。

（なにかワケありか？　まぁ、そんなことはどうでもいい）

とにかく僕はすぐに甘味を体内に取り入れたかった。だから呆然としている彼女に再び同じ質問を繰り返すことにする。

『……この店は営業しているのか、と聞いているんだが』

『あ、はい。失礼いたしました。もちろん、営業しています。えーっと、ご注文はどうしましょうか？』

ようやくハッとした表情をしながら、僕を客だと認識した彼女は注文を取ろうとする。

行きつけの店なら食べたいメニューの一つや二つあるが、ここには何一つない。それに彼女には悪いが僕は期待もしていない。

『……一番甘いものを出せ』

『一番、甘いものを？』

『ああ、とにかく甘いものが食べたい。早くしてくれ』

『か、かしこまりました』

我ながら意地悪な注文をしたと思っている。

でも、言ってしまえばなんでもよかったのだ。

甘さが控えめな菓子だけは避けてほしい。そういう願いを込めての注文だった。

店主は少しだけ困った顔をしたが、力強くうなずいた。

どうやら彼女の中で答えが出たらしい。砂糖を多く使ったメニューに心当たりがあったのだろう。

『店内でお召し上がりですか？　それともお持ち帰りいたしますか？』

『……すぐに食べたいな。ここでいただくよ』

『かしこまりました。それでは、あちらにかけてお待ちください』

ほう。店内で食べられるという趣向《しゅこう》は良いな。

一秒でも早く食べたい僕の需要にはあっている。

言われるがままに僕は席についた。さて、どんなものが出てくるか。ようやく僕は彼女の菓子に興味を持った。

『お待たせいたしました。マドレーヌでございます』

『むっ、こ、この香りは……!?』

『お客様?』

僕はそのバターの芳醇な香りにクラっとする。

意識をそれだけで持っていかれるような、魅惑的な甘い香り。そんな経験は初めてだった……。

マドレーヌなら何度も食べたことがある。だが、こんなにも芳ばしくて食欲をそそられるような香りはなかった。

思わず、変装のために身につけていたフードを取ってしまう。

それはどんな宝石よりも美しくて輝いて見えた。

(見た目と香りだけでこんなにも惹きつけられるとは……)

僕は取り憑かれたようにそれを口に入れる。体が勝手に動いてしまったのだ。

『………』

う、う、美味い！　な、なんという美味さだ。

今まで食べてきた甘味がすべて偽りだったと感じられるほどの鮮烈な味。

サックリとした歯ざわりのあとに口の中でジュワッと広がるバターと甘みのコラボレーション。

頭の奥までガツンと一直線に貫かれる純粋な甘み。

それでいて、優しい。まるで天使がファンファーレを奏でるかのように、幸福感でいっぱいになるその甘みの極地は僕の人生観まで変えるほどだと言っていい。

（驚いた。この世にこんなものが存在するなんて）

しばらく放心して声を出せなくなる。僕は空になった皿を未練がましく凝視していた。

『あっ、もう召し上がってくれていたのですね。それでは紅茶をお持ちします』

紅茶を淹れてくれるのか。確かに菓子には紅茶がつきものだ。

僕もそれは知っているし、紅茶も嗜む。だが、しかし……。

『………』

『あの、紅茶が冷めてしまいますが……』

『……もう少しだけ余韻に浸っていたいんだ』

『余韻、ですか？』

あまりにも鮮烈に脳裏に焼き付いた甘味は僕に口を開かせるのすら躊躇《ためら》わせた。口を開いたら、この感動が抜け出てしまう。そんなはずはないと冷静に考えるとわかるのだが、僕は紅茶を前にしてもそれに口をつけることができなかった。

少なくとも他の味を口に入れるのにはもうちょっと時間をおきたい。

『…………』

『…………』

時がどれくらい経ったのかわからない。僕が紅茶に口をつけずにいることを訝《いぶか》しく思ったからなのか、店主は直立不動で僕をジィーっと見ている。

(なんだか随分と不安そうな顔をしているな)

時間が経つにつれて、彼女は涙目になっているように見えた。

これはどういうことだ？　まさか僕があまりにも黙って菓子を食べていることに不安になったとか。

これだけ美味いのだから自信を持っているものかと思っていたが……。

『……美味しかったよ』

『えっ？』

僕が彼女に感想を口にすると彼女はビクッと驚いたような反応をした。

なぜビクビクと怯える。そんなに怖がらなくてもいいじゃないか。

『だから、美味しかったよ。そんな泣きそうな顔しないでくれ』

今度ははっきりと彼女に感想を伝える。

するとようやく彼女は落ち着いたような表情を見せた。

不思議な女性《ひと》だ。これだけ熱量を込めて、これだけ素晴らしいものを作れるのに、そのあどけない顔からはとてもそんなふうには見えない。苦労を知らずに育てられた令嬢の典型といった感じだ。

『うん、紅茶も美味しい。それにいい香りだ』

ここにきて僕はようやく紅茶に口をつける。

フルーティーな香りが先ほどまでの濃厚な甘味と調和して、スッキリとした飲み口になるように計算されていた。

（紅茶も一級品。これも一朝一夕では身につかないだろう）

やられたな。これは期待をしていなかったと適当に注文したことを恥じるレベルだ。

四年間の我慢した恩恵《おんけい》がこの至福のひと時なら安いとすら感じられる甘味。

彼女のおかげで僕はすべてが報《むく》われたと思うことができた。

『じゃあ、そろそろ帰ろうかな。いくらになる？』

『は、はい。お帰りですね。ええーっと、お会計はですね……』

『んっ？　会計に紅茶代が含まれていないが』

『あっ⁉　えっと、それはですね……。サービスで出しているんですよ。お菓子を買っていただいて店内で召し上がってくれる方にはサービスで紅茶を……』

『へぇ、なるほど』

びっくりするほど安価で提供されたマドレーヌにも驚いたが、紅茶も会計忘れではなくサービスとは……。

恐れ入った。採算を度外視した営業形態に僕は脱帽していた。

『ありがとうございました！』

『……またくる。もっとも今度くるときは、こんなに静かではないだろうがな』

ここは王都、いや国で一番の菓子屋になるだろう。

こうして静かに菓子を楽しめるのは今日だけというのは寂しい気もするが、この店に閑散とした雰囲気は似合わない。

それにしてもこれほどの菓子職人がこの国にいたとはな。一体、何者なのだろうか。

第二章　お菓子な悪役令嬢と甘党の王子

家が没落してからお店を出して、目まぐるしく働いたせいか時間の流れが早い。

今日は二度目の店休日。最初のお休みは筋肉痛などもあって動けなかったが、ようやく体が慣れてくれたのか朝から動けるくらいの疲労感だった。

(うーん。今日は早めに買い出しに行こうかしら)

柔軟体操で体をほぐしながら私は今日のスケジュールについて考える。

前のお休みは買い出しに行って帰ってきたらもう暗くなっていた。

それは常連さんと一緒にパレードを見たからなんだけど、できれば今日は時間に余裕を持って仕込みまで終えたい。

「朝から出れば昼過ぎには帰れるよね」

グイッと腕を伸ばして、私は王都の商店街に向かう準備をする。

それにしても前の休みの日のパレードには驚いたな。

まさかあの銀髪のお客様がこの国の第三王子であるアルフレッド様だったとは。

意外にも程があるというか、びっくりしすぎて状況が飲み込めなかった。

(あれからもアルフレッド様は何度か来店されているけど、なにも言えなかったわ)

フードをかぶって、格好も地味なものをお召しになっているし、お忍びでいらしていることは間違いない。

それがわかっていて、王子であることを指摘するのはなんとも野暮《やぼ》な気がして私はいつもと変わらぬ接客を心がけていた。

しかしわからない。私の菓子を気に入ってくれたのは嬉しいが王族ならば使いの者を寄越《よこ》せばよいのに……。

お忍びできている理由というのはなんだろう。不思議だ。

「ま、いいか。さっさと出かけようっと」

着替えを終えて、かばんに必要なものを入れて、私は外に出た。

初夏の日差しは朝から強くて、空はどこまでも青く澄み切っている。

散歩するにはもってこいの天気だ。気持ちがいい。

「……今日は休みだったか。参ったな」

「あ、あなたは──⁉」

外の空気を吸って歩きだそうとすると、見慣れた銀髪が目に入った。

あ、アルフレッド様だ。どうやら営業日だと勘違いしてお店にきてくれたらしい。

「ごめんなさい。今日はお休みなんですよ。ほら、ここに一ヶ月分の予定を書いていたのですが……」

「ふむ、そうだったのか。すまない。見逃してしまっていた。僕としたことが不覚だったよ」

　店の扉の前においてある板に一ヶ月分の予定を貼り付けていたのだが、アルフレッド様は見逃していたみたいだ。

　しゃがんでそれを確認すると、彼は残念そうな声を出した。

「……仕方ない。また出直すとしよう。今日は時間の余裕を作ってきたが、休みはしっかり取ってもらわなくてはな」

「は、はい。すみません」

　肩を落としてがっかりしている様子が顔を見ずとも感じ取れる。

（そんなに楽しみにしていてくれていたんだ。なんか嬉しいな）

　アルフレッド様がここまで残念がるほど私のお菓子を食べることに対して期待に胸を膨らませていたと考えるとなんとも菓子職人冥利《みょうり》につきるというか、喜ばしく思えた。

　それに……せっかく、お忍びできてくれたのに帰らせるのも悪い気がする。

　うーん。買い出しに行くつもりだったが、仕方ない。

「よろしければなにか作りましょうか？　紅茶もお出ししますよ」

「んっ？　いや、それはありがたいが。君は今から出かける予定ではないのか？」

私はアルフレッド様のために菓子を作ると口にした。

ちょうど昨日の閉店前に残っている菓子を半額にして完売したから在庫はないのだが、今から作って出すことはできる。

「買い出しに行く予定でした。ですが、もうちょっと遅くなってからでも大丈夫ですから」

「いや、それはルール違反というか。君に悪い」

思ったよりもお人好しというか、アルフレッド様は私の提案を断ろうとする。

どうやらこの方は権力を盾にして特別扱いをしてもらおうとかそういうのとは無縁のタイプみたいだ。

「では、買い出しが終わってから……。いや、それだとここで長く待たせることになりますし。うーん」

「じゃあ、僕が買い出しに付き合うよ。これでも力には自信があるんだ。荷物持ちにでも使ってくれ」

「ええーっ⁉」

思わぬアルフレッド様の言葉に再び驚く私。

いやいや、そんなことなど考えもしなかった。アルフレッド様と一緒に買い出しになんて恐れ多いにも程がある。

「荷物持ちの駄賃として菓子を作ってくれれば僕としてもフェアな取引だ。君の体格ならおそらく別途で料金を払って配達させているだろ？」

それは正解。私は食材に関しては持ちきれない量を買いつけていたから、お金を払って運ばせていた。

荷物をもってくれるならありがたい。節約にもなる。だけど……。

「お、王子殿下にそんなことさせるわけにはいきません！　あっ！」

「……知って、いたのか」

いけない。つい口を滑らせてしまった。

アルフレッド様は低い声を出して、腕を組む。

もしかして怒られる？　でも、あのときアルフレッド様は自分でフードを取ったし……。

「ふぅ……。あのとき、君のマドレーヌをよく見てみたいと思うあまりにこれを取ってしまったからね。いずれはバレると思っていた」

彼はフードを取って微笑みながら私を見据えた。

その宝石のようなブルーの瞳に見つめられると心臓の鼓動が嫌でも早くなる。

どんなに地味な格好をしていても、これだけの美形、目立たぬはずがない。お忍びで出歩くにあたって、フードを深くかぶっているのは当たり前だろう。

「いかにも。君の言うとおり、僕はこの国の王子。……自己紹介が遅れてすまなかったね。オルロン王国第三王子、アルフレッド・オルロンだ。よろしく」

アルフレッド様は自己紹介をして私に手を差し出した。どうやら握手を求めているみたいだ。

元貴族ではあるが、今は平民として過ごしている私に王族が……？　こんなこと前代未聞のはずである。

「レナ・ローゼストーンです。よろしくお願いします」

私は自らの名を名乗り、彼の握手に応じたが、その瞬間に自分の浅はかさを悔やんだ。

（ローゼストーンの名は告げるべきではなかったかもしれないわ）

伯爵家である我が家が没落したのはアルフレッド様が留学中の出来事かもしれないが、その噂は社交界でもささやかれているだろう。

彼がそのことを知っていたら、私を軽蔑するかもしれない。いや、きっとする。

「レナ、か。いい名前だね」

「えっ？」

「それにこの手に宿る菓子職人としての技量は素晴らしい。僕は君よりも腕のいい菓子職人を知らない」

今度ははっきりと称賛を述べるアルフレッド様。

握手した手を両手で握りしめるものだから私の心拍数はさらに跳ね上がった。

彼の手は随分とひんやりしているように感じられる。私の体温がグンと上昇していたからかもしれないが……。

「あ、ありがとうございます！　嬉しいです！」

予想外に次ぐ予想外の展開にあたふたしていたが、アルフレッド様が褒めてくれたのはとても嬉しかった。

何度もお店にきてくれるので気に入ってくれたというのはわかっていたが、具体的に言葉にしてくれるというのは気分がいいものだ。

「しかし、王子殿下であるアルフレッド様がどうしてこんな王都から外れたお店にこられたのですか？」

自己紹介も終わって、私は一番気になることをアルフレッド様に質問してみた。

王子だということを知らなかったからスルーしていたけど、こうなったら関係ない。

もちろん答えにくい話なら深追いするつもりはないが、一応聞くだけは聞いておきたかった。

「……簡単に言うと僕はとても甘いものが好きなんだが、それを食すことを禁止されているんだ。家庭の事情でね」

「家庭の事情、ですか」

「ああ、だから僕はこっそりと城を抜け出して甘味を手に入れるしかなくなった。ここにきているのはそういう事情なんだ」

甘いものを食べるのを禁止ってどういうことだろう。

王族が食べないというのは聞いたことがない。というか、王族主催のパーティーでは普通にデザートは出ているし、陛下も食べていたような気がする。

「なにかご病気をされて、禁止になっているとかですか？」

私はまず病気を心配した。だったら、さすがに王子様の頼みとはいえ菓子を出すわけにはいかない。

他に理由は思いつかないから、その可能性は高そうなものだが……。

「そうじゃない。陛下は随分と僕の教育に熱心でね。とある教育学の書籍に、〝甘いものはバカの食べるもの〟だと書いているからって、僕に甘いもの全般を禁止したんだ」

「ば、ば、バカの食べるもの⁉　なんて失礼な！」

つい私は憤慨《ふんがい》してしまった。

だって、言うにこと欠いて〝バカの食べるもの〟って、すべての菓子職人に喧嘩を売っている。

どうやら陛下はひどい偏見をもっているみたいだ。

「確かにたくさん摂《と》りすぎると良くないですが、頭を働かせるのに糖の役割は大事ですし、洗練された甘みはリラックス効果もあるんです。疲労回復には欠かせないというか――」

早口で私は〝バカの食べもの〟という暴論を否定する。

食べれば頭がよくなるとまでは言わないが、適度に摂ればメリットだってちゃんとあるのだ。

甘いもののせいで頭が悪くなるということは決してない。

「……ふむ、なるほど。それでは、今度陛下にそう説明してくれると助かる」

「へあっ⁉　そ、それは、ちょっと……」

いやいやさすがに陛下に直接文句をいうのはハードルが高いというか、無茶ぶりがすぎるというか。

アルフレッド様の提案を聞いて私は焦ってしどろもどろになる。

「あはは、冗談だよ。当たり前じゃないか」

「アルフレッド様……」

その屈託のない笑顔を見て私は思わず見惚れてしまう。

太陽の光を受けてより一層美しく光る銀髪も相まって、この世のものとは思えないほどの麗しさだった。

神々しさすら感じるその見た目と、気持ちのよい朗らかな笑い声。

最初に会ったときは無愛想で怖いと感じてしまったが、この少しの会話だけでかなり印象が変わった。

「では、そろそろ行こうか。僕は君の菓子をいただくために荷物持ちをする。それでいいだろ？」

「アルフレッド様がお嫌でないのでしたら、お願いします」

「僕の身分なら気にしないでくれ。今日の僕は王族としてきたわけではない。一人の人間としてここにきたのだから」

半ば強引だけど、私はアルフレッド様とともに買い出しに行くこととなった。

身分を気にしないでくれ、と言われてもそれは無理だと思うんだけどなー。

◆

「申し訳ございません。まさか、本当に荷物を持ってくださるとは……」

「これくらい大したことはない。まだ買うものはあるんだろ？」

うう、この国の第三王子のアルフレッド様を荷物持ちにするなんて、なんてことをしてしまったのだ。

買ったものが増えるにつれて、嫌な汗が出てくる。

いくらお忍びで誰も気付いていないとはいえ、王族である彼に恐れ多いという感覚がドンドン増してきたのだ。

（なんで断らなかったのかな～、私。うう、バレたら不敬罪じゃすまないかもしれない）

率先して荷物を抱えるアルフレッド様を見て、私の足取りは重い。

でもまだまだ買い物があるんだよね。こんなにビクビクするならお金を払って運んでもらえば良かった……。

「この大量の空の瓶は何に使うんだ？」

「ああ、これはジャムを作ろうと思っていまして。果物のジャムは長持ちして、保存性も高いので大量に作り置きできるんですよ」

そろそろ新メニューも増やしていこうと思って、私は果物のジャムを作ろうと瓶を購入する。

もちろんジャムはお店で売っている。しかし、例えばアップルパイのようにザクザク食感が残るようなタイプのものがなかったり、甘みも菓子によって調整していきたいのだが好みのものがなかった。

だから自分で作ったほうがよいという結論に至ったのだ。

ジャムの魅力は最古の保存食とも言えるくらい防腐性が高いことである。

大量に作り置きしておけばなにかと便利だ。

今日、早めに買い出しに向かおうとしたのは時間があるときにジャムを作っておきたかったからである。

「果物はすぐに消費しなくてはダメな気がするが、腐らないのか？」

「簡単に説明しますと、腐る原因となるカビなどが増えるのに必要な水を砂糖が吸収するからですね。野菜の砂糖漬けなんかも同じ理屈で保存性を高めています」

腐る原因はカビや微生物や細菌などがあるが、その辺を詳しく説明すると色々とややこしいのでかなり簡易な説明をしてしまった。

こんなに適当な感じでアルフレッド様が納得してくれるかわからないが、こちらの世界と前世の世界では科学力が違う。

私は学者ではないのでその辺を上手く話すのは難しいのである。

「なるほど。そういえば干物なんかも水分を極限まで減らして保存性を高めているな。それと似たような理屈ってわけか」

「そ、そうです。すごいですね。あんな説明で理解しちゃうとは……」

さすがは学業が優秀だと有名なアルフレッド様。驚異的な理解力だ。

国王陛下が教育に熱心になるのもうなずける。

「いや、面白いな。君の知識の豊富さは菓子作りだけには留まらないのか」

「それほどではありませんよ」

「そう謙遜《けんそん》するでない。あの甘味の極地とも呼べる素晴らしい味わいは、弛《たゆ》まぬ鍛錬と研究の賜物《たまもの》だったということがわかった」

「あ、ありがとうございます……」

アルフレッド様が大げさに私を褒めてくれるので、私は恐縮してしまう。

そんなに面白いことを話したつもりではなかったのだが、実に楽しそうに聞いてくれるのでついつい饒舌《じょうぜつ》になっていた。でも、あまり調子に乗らないようにしなくては……。

「それで……食べさせてもらえるのだろうか？」

「えっ？　なにをですか？」

「もちろん、君の手作りしたジャムだよ。今の話を聞いて無性《むしょう》に口にしたくなった」

当たり前だと言わんばかりにジャムを所望していると主張するアルフレッド様。

私も食べてもらうつもりではあったが、今から楽しみにされるとプレッシャーがすごい。

なんせ王子様にお出しするジャムだ。前世の世界だとそんな名誉を得るために星をいくつ獲得せねばならないのだろうか。

（とはいえ、もうマドレーヌやクッキーは食べてもらっているのよね。改めて考えるとすごいことだわ）

今の自分がちょっと異様な状況にあると再認識する私。

アルフレッド様は現時点では私の出した菓子を美味しいと仰ってくれている。だからこそ、これから先も彼の期待に添えないようなことはあってはならない。

「それでは全身全霊をかけてジャムを作りますね……」

「んっ？　そんなに構えずとも大丈夫だ。僕は君の腕をもう全面的に信用している」

「あ、ありがとうございます。ですが、やはり力は入ってしまいます」

「さすがのプロ意識だな」

「少し違いますが……、いえ、そうですね。プロ意識なのかもしれません」

王子様に出すから緊張しているのかと思っていた。

でも、それよりもなによりも力を入れようと思うのはプライドなのかもしれない。夢だった自分のお店ができたのだ。その味を認めてもらいたいと力がこもるのは相手が王子でも平民でも同じことだ。

お店の看板を出して味を見てもらえるなら、すべてが真剣勝負。その精神はアルフレッド様の仰るプロ意識というものなのだろう。

「最後はあのお店で果物を買います」

「それをジャムにするんだな」

「はい。そのとおりです。長々とお付き合いさせてしまい申し訳ありません」

思ったよりも買い物がはかどったので、アルフレッド様の時間を随分と拘束してしまった。

やっぱり図々しい気がする。そんな気持ちに耐えられなくなって私は二度目の謝罪をした。

「気に病《や》むことはない。僕が好きで付き合っているのだ。……それに君と出かけるのは楽しい」

「へっ？　わわっ！」

不意にそんなことを言われたものだから、私は隣にいる彼の顔を確認しようと顔を向け、その拍子に転《こ》けそうになってしまう。

「おっと、危ないな。きちんと前を見て歩いたほうが良いぞ」

「……す、すみません。えっと、そのう」

そんな私を片手でがっしりと受け止めて抱き寄せるアルフレッド様。

意外とパワフル……っじゃなくて、今の背中に感じるのって彼の胸元の温もり……？

それを意識するのと同時に胸の高鳴りが収まらなくなってくる。

これ、どんな状況？　間抜けに転けそうになった私が助けられただけなのにどうしてこんなにドキドキするんだろう。

「足を挫《くじ》くなど、怪我などはしてないか？」

「は、はい。大丈夫です。すみません、私ったら……」

「うむ。無傷ならなにより。それでは、果物を買いに行こう」

フードで顔はよく見えなかったが、その声は優しかった。

ゆっくりと立たせてもらった私は目的地へと再び歩き出す。

やってしまった。アルフレッド様の前でなんたる醜態を晒してしまったのだ。

しかも勝手にドキドキまでして、バカみたいだ。

でも、温かかったな。あのぶっきらぼうな感じからは想像ができないくらい……。

まだ背中に残るかすかな温もりのせいで心拍数はなかなか戻ってくれない。それを彼に悟らせないように苦心しながら私は少しだけ早足になった。

◆

「どうだ？　目当てのものはありそうか？」

「はい。以前訪れたときも豊富な種類に驚かされました。隣国からの輸入もしているので、ほしいものはすべて揃うと思います」

ここは王都で最も野菜や果物の品揃えのよいと評判のお店。旬の食材をはじめとして、ここでないと手に入らない果物などもあり、期待どおりのラインナップだ。

「それは良かった。僕のことは気にせずにゆっくりと買い物するといい」

「いえいえ、そこまでは甘えられません。買うものは決まっていますので、すぐに――」

「全部もらうわ」

「「――っ!?」」

そんなに時間を取らせないつもりだと答えようとしたら、背後から甲高《かんだか》い声が聞こえる。

（今、全部って言った？　それってどういう意味かしら？）

状況がつかめずに後ろを振り返ると、いかにもお嬢様という感じの縦巻きロールの茶髪の女性が腕組みをして立っていた。

眉毛は吊り上がり、自信に満ちあふれたような顔つき。……この人は一体。

「これはこれは、キャロル様。果物コーナーにお求めのお品があるのですかな？　すべてというのはどちらの果物でしょうか？」

「まったく貧乏人の発想はしみったれてるわね。あたしが全部といったら、文字どおり全部よ。この店の果物はこのキャロル・ゴールデンベル様が買い占めてあげると言ってるの」

「ゴールデンベル？　嘘でしょ……」

なんということだ。とんでもない人と遭遇してしまった。

彼女は大豪商にして、平民ながら多大な納税をする公爵級の権力を手に入れたゴールデンベル家の長女、キャロル・ゴールデンベルだ。

キャロルのことは知っている。なぜなら〝追憶のプリンス〟に出てくる別ルートのライバルキャラクターだからだ。

レナとは別のもう一人の悪役令嬢と言ってもいい。

金と権力によって、隣国の王子の婚約者となっており、ヒロインのローラと争うストーリーもあったな、と私はゲームのシナリオを思い出していた。

この人、平民だけど基本スペックも高いしなんせ財力に関してはゲームの中で最強だったから、ライバルキャラクターの中でも強いほうだったはず。

隣国の王子はアルフレッドとは逆にこちらの国に留学にきている設定だったっけ。

（まいったわ。まさか買い占めをするなんて思わなかった）

「あはははは、お金ならいくらでもあるわよ。いくらになるか、早くいいなさい。あたしは待つのが嫌いなの」

ああ、普通に買い物をすればいいのに嫌な態度。

少し前まで私もキャロルみたいな高飛車《たかびしゃ》な態度だったのよね。

自分の黒歴史を見ているようでお腹の奥のほうがムズムズする。

「おいおい、買い占める必要性などあるのか？　無駄にしてはもったいないぞ」

「はぁ？　あんた、誰よ」

一連のやり取りを見ていたアルフレッド様はキャロルの前に立ち、その行動に苦言を呈する。

あれ？　アルフレッド様、少し怒ってるのかな……。買い占めるのは別に悪いことではないと思うけど、それでも彼女の態度に引っかかるところがあるみたいだ。

キャロルは彼を睨みつけて、不機嫌そうな声を出す。水を差されたと思ったのだろう。

（アルフレッド様が王族だと知らないから、あんな態度なんだろうけど……）

彼女は小柄な体格なのだが、自分よりもずっと背の高いアルフレッド様にまるで物怖《ものお》じしていない。

見上げているのに見下している。そんな感じだ。

「いきなり話しかけてすまない。僕は彼女の買い物に付き合っているのだが、彼女も果物をほっしているのだ。買い占める必要性がないのなら、少しだけ残してくれないか？」

アルフレッド様はそれでもキャロルと交渉しようとした。

あくまでも紳士的に下手に出て話し合おうというスタンスだ。

ここで王子だとひけらかそうとしないのは立派だと思う。もちろん、アルフレッド様はお忍びで出ているのでバレたら困るというのもあるとは思うが……。

「お生憎様《あいにくさま》。近々、ゴールデンベル家が大陸で一番大きい菓子屋を作るの。だからこの店だけじゃない。王都中の果物を買い占める予定よ。……今日は諦めて出直すことね」

この店だけじゃなくて、他のお店の果物も買い占める？

ゴールデンベル家が大陸一番の規模の菓子屋を作ると聞いて私は戦慄《せんりつ》する。

これって、彼女が私の商売敵《がたき》になるってことだよね。

せっかくお店も賑わっていて軌道に乗ってくれたのに早くも大ピンチかも。王都のお客さんが根こそぎ奪われたら、私のお店は閑古鳥《かんこどり》が再び鳴くことになるかもしれない。

それに今日王都中の果物を買い占められるのも少し困る。立てていた計画が狂ってしまうからだ。

「王都中の果物……。あの、本当に全部なのですか？」

「ええ、そうよ。明日の試食会も大規模にやる予定だし、やっぱりオープニングセレモニーは派手にしなきゃ。……なんだったら、あんたたちも招待してやってもいいわよ。果物はそれで諦めなさい」

「そ、それは大丈夫です。私も自分のお店がありますから……」

「あんたの店ぇ？　店ってなによ？」

ああ、しまった。わざわざ私もお店をやっているみたいなことは言う必要がなかった。

店というワードを聞いて、キャロルの吊り上がった目がさらに吊り上がったように見える。

（こうしてみると威圧感があるわね。最弱のライバルキャラクターだった私と違っ

て）

ゲームの悪役としてはレナよりもキャロルは断然格上だ。

なんせキャロルの婚約者の攻略対象である隣国の王子様。その攻略難易度はAランクである。

Dランクの私とは文字どおり格が違うのだ。

（とはいえ、それはあくまでもゲームをプレイするにあたってのスペック。菓子屋という土俵で私が負けるわけにはいかない）

ゲームみたいに恋愛をするという面でみれば、私がキャロルに劣るのは仕方ないとしても菓子屋の経営という分野は譲れない。

確かに彼女の財力や権力は厄介だ。でも私には修業で培ったこの両腕がある。

「私も王都の外れで菓子屋を営《いとな》んでいるんです」

「王都の外れ？　ああ、それなら聞いているわ。あたしは国中の同業に偵察を送っているから。……取るに足りない小さな店だと報告を受けたわよ。くすっ」

偵察もきていたのか。考えたこともなかったから、全然気付かなかった。

取るに足りない小さな店――小さいのは事実だけど随分と侮《あなど》られているみたい。

完全に私をなめきって笑みを見せるキャロルからは勝者の余裕のようなものが感

じられた。

「……まぁ、腕はそれなりに良いとも聞いているわ。みすぼらしい、ちんけな店よりあたしの大きな高級店で雇ってあげましょうか？」

「えっ？」

「だって、あなたのお店は近いうちに潰れるでしょ？　だったらウチのスタッフとして働いたほうが賢明じゃない。……あなたのことを気の毒に思って救いの手を差し伸ばしてあげてるのよ」

なんと自分の店のスタッフとしてスカウトしてくるとは……。

これに関しては嫌味な部分もあるが、善意なのだろう。

彼女の目算《もくさん》では王都周辺の菓子屋をすべて潰すくらいに思っているだろうから。

それなら早めに再就職先を斡旋《あっせん》してやるというのは、優しさと言ってもいい。

でも、だからといって、そんなことを言われていい気分でないのも事実だ。

見下されて嬉しい人間などいない。小さな店なのは事実だが私にとっては大事なお店なのだから……。

「ふふ、滑稽《こっけい》だな」

「はぁ？　あんた、今なんて言った？」

「別に……。自分が獅子だと勘違いしている猫を見るのはなんとも笑える話だと思っただけさ」

「……だから、それ。どういう意味よ？」

ピリッとした空気がこの場を支配する。

一触即発。そんな感じがして、ここから一秒でも早く逃げたいとすら思ってしまった。

「キャロルさん。私、自分のお店を離れるつもりはありませんから。嬉しい申し出ですが丁重にお断りします」

とにかくここは穏便に話を終わらせよう。

私はキャロルの打診を断って、帰ることにした。

果物はまた出直して買えばいい。ここで変な遺恨を残すのは避けよう。

「だったら王都の客は全部もらうから、残念だけどあなたの店は潰れるわ。路頭に迷うことになっても恨まないでね」

「それはどうかな？　このレナの菓子には魔法の力が宿っている。客は店の見てくれじゃなくて、味についてくるからね。僕は彼女の店が競争に負けるとは思えない」

「あ、アルフレッド様……」

どうやらアルフレッド様は私のお店がピンチだとは微塵《みじん》も思っていないらしい。

彼の期待が大きいのはプレッシャーだ。でも師匠がかつて「甘味の魔女《ラ・マジェ・パティシエール》」と呼ばれていたので、同じ褒め方をしてくれた彼の言葉が嬉しかった。

私は彼の言葉を受けて自然に手のひらを握りしめていることに気づく。さっきまでの不安が嘘のように消えていた。

「はぁ、理解力がないっていうのは哀れね。まぁいいか……。ちょうど全部果物を運び出したことだし、あたしも準備で忙しいから帰らせてもらうわ」

キャロルは本当に哀れんだような目で私たちを見ている。

当然かもしれない。店の規模も財力も桁違いなのに、私の店が生き残ると思っているアルフレッド様の意見は荒唐無稽《こうとうむけい》に近いのだから。

でも、期待されているからには私もそれに応えたい。

アルフレッド様のいうところの魔法の力でお客様を惹きつけて、不利な状況を打破しよう。

（それに果物を本当に買い占められたら厳しいかと思ったけど、光明が見えたわ）

キャロルは全部果物を運び出したと口にした。

でも、私の目にはまだ買い残しがあるように見える。

どうやら彼女はあれらを買わずにいたらしい。

「あの、キャロルさん。あそこに残っている果物は買わないのですか？」

私はまばらに残っている果物を指差して確認する。

彼女が買わないのなら私が買おう。そしてあれらを使って逆転の一手を打つ。

「ふふふ、悪いけどあんな傷《いた》んで使いものにならないような粗悪品はいらないわ。あたしの店は高級店なの。果物の目利きは怠らないわよ。あんな果物を使ったら店の評判が落ちるもの」

なるほど。素材の質にこだわっている、ということか。

キャロルの言うことは理解できるし、やはり抜け目がないと思えた。

でも、彼女には不要でも私には必要だ。買わないのならありがたく買わせていただこう。

「では、私が残りの果物を買い取りますが、構わないですね？」

「好きになさい。惨めねぇ。あんな粗悪な果物に縋《すが》らなきゃならないなんて。……この時点で勝負にすらならないわ。あーっはっはっはっは」

高らかに笑いながらキャロルはお店を出ていった。

うん。悪くないわ。これなら大丈夫。

いきなり強大なライバル店が出現して戸惑ったが、私の目には希望の光が見えていた。

◆

「……うん、やはり店内が静かだとまた雰囲気が違っていいものだな」

「すみません。毎日騒がしくて……。とても王子様がお菓子を召し上がる環境ではありませんよね」

「おっと、失礼。そんなつもりではなかったんだ。もちろん、君の店が繁盛してくれて良かったと思っている」

私が恐縮してしまってポロッとこぼしたひと言にアルフレッド様は謝罪した。

もちろん彼が嫌味なことを言っているつもりではないと、私はわかっている。

でもガヤガヤと賑わっている店内が彼のような高貴な身分の方に相応《ふさわ》しいかといえば、そうではないかもしれないって考えてしまう。

おまけにお店は狭いし、椅子もテーブルも安物だ。

しかし、もはやそんなことで気を揉む必要はないのかもしれない。さっきはキャロルの言葉を受けても謎の自信があったが、よく考えると……。

「……また静かな店内に戻ってしまうかもしれませんね」

「んっ？　なにを言っているんだ？」

「いえ、今さらキャロルさんに言われたことが不安になってしまって……」

アルフレッド様に出すための焼き菓子を作りながら私はドンドン冷静になっていき、ついには不安を吐露してしまった。

キャロルは大陸で一番大きな菓子屋を作ると言っている。王都でも、国でも、ない。大陸で一番、だ。

これがどの程度の規模なのか予想がついているわけではないが、予想以上ということだけは間違いないだろう。

(国一番のお金持ちの娘。キャロルの財力はとんでもないものだったわね)

ゲームのシナリオを思い出しながら彼女の恐ろしさを思い出す私。

彼女を相手にして意中の男性を巡って争うのは骨が折れた。

主人公を妨害するために一晩で大きな城を作ったこともあったっけ……。

彼女のことだから、きっと菓子屋も繁盛させるに決まっているだろう。

「こんなに美味しいのになにを不安がることがある？」

「えっ？」

「いや、だから。君ほどの菓子職人が他の店ができるくらいでやきもきする必要がないと思うんだが」

アルフレッド様は不思議そうな顔をして私を見つめる。

どうやら本当に露ほども私のことを心配していないらしいのだ。

美味しいのなら当たり前のようにお店が生き残ると彼は信じているのだろう。

「アルフレッド様が美味しいと言ってくれたのは嬉しいのですが、どんなに美味しくても経営力の差で駆逐されたお店は何店舗もあります」

「まぁ、そういう例もないわけじゃないだろうね」

「この店が不便な場所というのは否めません。大きな店が王都の真ん中にできたら、常連さんもそちらに行く可能性が高いと懸念するのは当然です」

我ながら情緒不安定だと思うが、一度不安になるとネガティブが心の中から噴射して止まらなくなる。

菓子の味に関しては負けるとは思っていない。

負けるとは思っていない、が。世の中、理不尽な力によってひねり潰されることはよくあることなのだ。

「あまり薄情なことを言うな」

「薄情なこと、ですか？」

「ああ、君が君の実力を信じられないというのは、僕ら常連客……そしてなにより君自身の努力に対して薄情だ」

「――っ⁉」

そのセリフは淡々とした口調であったが、心の中でガツンと響き渡る。

前世の私は夢を追い求めてフランスまで行った。

そして別人になった今でもその夢を忘れ切れずに店を開いた。

自分の味を気に入って通ってくれるお客様が少なからずいることも誇らしい。

ここまでの努力は私に嘘をつかなかったと思っている。

アルフレッド様の仰るとおり、今度は私が自分の歩んできた軌跡《きせき》を信じる番なのかもしれない。

「アルフレッド様、あのう。私は……」

「もっと自信を持っていいんだよ、レナ・ローゼストーン。君には君が思っている以上の魅力がある」

アルフレッド様は立ち上がり、私の目を見つめる。

まるですべてを見透かしたような宝石みたいに輝く瞳。

力が湧いてくる。彼の言葉は実感がこもっていて、さっきまでよりも強くなれる気がした。

（どうしてこんなにも胸が高鳴るんだろう）

ゲームの強キャラがどうした。国で一番のお金持ちだからなんだというのだ。

私には師匠からの教えがある。フランスでの経験がこの腕には宿っている。

「アルフレッド様、そろそろジャムができます。新メニューの味見をしていただけませんか？」

今やるべきこと、それはうつむくことではない。

今日よりも明日、明日よりも明後日。よりお客様に愛されるお店になるように努力を続けることである。

（そうよ。ここでへこたれるくらいなら店を出すべきじゃない）

前を向こう。少しでも、一歩でも進んでいけるように。

そうしないと、アルフレッド様や他の常連さんに失礼だ。

「新メニューの味見だって？　それはいい。是非ともいただきたい」

「ありがとうございます。それでは少々お待ちください」

彼の微笑みに後押しされて、私はキッチンへと向かう。

応援してもらえる喜びに打ち震えながら私は新メニューの制作に取りかかった。

新たな魔法がかけられるようにと願いながら……。

◆

「素晴らしいな。このアップルパイ……！　しっとりとした口ざわりに加えてザクザクとしたりんごの食感も残っており、まさにりんごという果実の良いとこどり。そしてこのカスタードクリームとの相性。さわやかなりんごジャムとクリームの濃厚な甘みがマッチして美味さを極限までグレードアップさせている……！」

若干早口になりつつ、興奮気味になりながらアルフレッド様は私の作ったアップルパイの感想を口にする。

最初は菓子の感想などこんなふうに述べるなど考えられないほど無愛想だったから、私は少しばかり驚いている。

（でも、よかったわ。久しぶりに作ったけど、上手く作れたみたい）

味見をしてもらう瞬間はいつも緊張してしまう。

どんなに自信があろうと、やはり食べてもらうまでわからないことはあるのだ。

それに今の私は、前世の私とは違う肉体だ。

こっちの世界で生きてきた歳月は腕をなまらせるには十分な期間とも言える。

腕は落ちていない。そう信じられる日がくるのか……、それを今の私には知るすべはない。

それを教えてくれる唯一の存在は師匠だけなのだから。

「ありがとうございます。アルフレッド様に褒めていただき光栄です」

「……うむ。つい、僕も感想に力が入ってしまったよ。いささか恥ずかしいな」

はにかみながら、力を込めて感想を口にしたと告げるアルフレッド様。

目をそらしながらティーカップを手にする彼は紅茶を一口飲む。

「アップルティーも風味が効いていて、贅沢な食後感を演出してくれている。うん、こちらも美味しいよ」

「りんごの美味しさを堪能していただけたようで、嬉しいです」

今回はアルフレッド様にりんごの酸味、甘み、さらには食感。すべてを楽しんでもらえるように趣向を凝らしました。アップルティーも含めて……。

嬉しそうに紅茶に口をつける彼は満足げな表情を浮かべていた。

そんな表情を見ると私も嬉しくなる。

「……しかし驚いたな。これらがすべて、あの傷んだりんごから作られたとは」

「傷んでいても食べられる部分はありますから。ジャムにするメリットはそういった食材を上手く利用できるところにあるんですよ」

元々私は安価な傷んだ果物をジャム用として購入する予定だった。

だからキャロルがそれらを買わなかったと気付いたとき、買い占められて困るということはなくなった。

それでも王都中の果物を買い占めるという彼女の宣言はそれだけで恐ろしいと思わせるに十分である。

ゴールデンベル家がとんでもない規模の菓子屋を展開するのは間違いないからだ。

(でも、ジャムを使ったメニューはアルフレッド様に好評だったわ。これなら——)

自信を取り戻した私はギュッと拳を握りしめて、近々対決するキャロルの店へと思いを馳せる。

きっと常連さんは私のお店に残ってくれるはず。

キャロルの店がどんなに大きくても関係ない。今はそう、信じられる……。

「アルフレッド様、今日はありがとうございます。買い物に付き合っていただいただけでなく、味見まで……」

「僕はこの店のファンとして、美味しい菓子を食べるために動いているだけだ。自分の欲に忠実だと言ってもいい。君が気にするには及ばない」

私がお礼をいっても彼は手を振ってそれを流した。

どうやらアルフレッド様は本当に菓子を食べられるだけで見返りを受けたと感じているらしい。

(お菓子が好きなのは私も同じだけど、ここまで甘党の人は初めてみたかも)

クールな印象からは想像できないくらいの甘党ぶりには驚かされた。

「新鮮な果物がほしかったら、僕が君の代わりに後日買付をして果物をこの店に送らせることはできるが……」

「いえ、そんなお手を煩わせるわけにはいきません」

「遠慮などしなくていい。力になりたいんだ」

嬉しい申し出だと思った。

確かにジャムにせずとも使えるくらい新鮮な果物もあれば助かることは助かるが……。

これ以上お客様であるアルフレッド様に甘えるわけにはいかない。

「遠慮ではありません。今ある材料できっと皆様を満足させてみせます。お気遣いに感謝します」

「……そうか。ふっ、ここで僕が下手に力を貸すのは無粋みたいだな」

銀髪をかきあげながら、彼は納得したような声を出す。

アルフレッド様の好意を断るのは心苦しいが、ここは意地を張るところだと思ったのだ。

(この状況を乗り越えられればずっとお店を続けられる。根拠はないけど、そんな気がするのよね)

さっきまでネガティブだったくせに私は今、自分の腕でこの危機的状況を乗り越えられるのかどうか、それを試したいとかんがえるようになっていた。

ここでアルフレッド様に助けられたら、嫌でも頼る癖がつくような気がする。そんな気持ちもあったのだ。

「申し訳ございません。せっかくの申し出を断ってしまって」

「気にしなくていい。僕のほうこそ安易に手を貸そうとしてすまなかった」

「アルフレッド様……」

「……謝罪はいらないが、一つ約束してくれないか？」

「や、約束、ですか？」

突然改まって、約束というワードを口にされて私は首を傾げる。

一体、アルフレッド様はなにを約束したいと仰るのだろう。全然思いつかない……。

「この店をずっと続けてほしいんだ。ここを訪れるといつも安心する。こんな場所、今までなかった」

（えっ？　そんなこと？）

思わず、思ったままの感想を言葉に出してしまいそうになる私。

ここがアルフレッド様にとって大切な場所になっているんだと言いたいのだろうか。もしそうだとするならば、こんなにも嬉しいことはない。

「わかりました。私、できる限りこのお店を続けます」

「そうか。約束してくれるか。……じゃあ、これを君に預ける」

「ええーっと、これはアルフレッド様のハンカチ……」

お店を続けるという約束を了承すると、アルフレッド様は水色のハンカチを私に手渡す。

ハンカチには王家の紋章が刺繍《ししゅう》されていた。手ざわりはなめらかで高級感のあるシルクでできているのは間違いない。

約束するときにハンカチを差し出した。これが意味するのはつまり……。

「……私のハンカチです」

「うむ、預かろう」

私は自分の桃色のハンカチをアルフレッド様に手渡す。

これはこの国に伝わるおまじないだ。

約束をする際にお互いのハンカチを交換することでその約束は神への契約となり、互いを結ぶ縁となる。

つまりアルフレッド様と私は神の前で約束をしたわけだ。

「儀式に応じてくれてありがとう。……そのお礼ではないが、君の言うことをなんでも一つ聞くと約束しよう。なにか望みはあるかい？」

「えっ？　望み、ですか？　えっと、そうですね……」

「すぐに思いつかないなら今すぐでなくてもいいから、いつでも言ってくれ。僕も

ほら、なにか約束しなくてはフェアでないだろ？」

桃色のハンカチを大事そうにしまって、アルフレッド様は再び私の目を見た。

望みはもう叶っている……。初めて会ったあの日、私の菓子を美味しいと仰ってくれた。

私にとってはそれで十分。それだけですべてが報われている。

「なにか思いついたらお願いします。……今はお気持ちだけでとっても嬉しいです」

「まったく、欲がないな。では思いついたら遠慮なく言ってくれ。……今日は楽しかった。またくる」

「ありがとうございます。またのご来店をお待ちしております」

いつものように、再び来店されることを予告してアルフレッド様はお店から出ていった。

私はその美しい後姿に見惚れながらも、頭を下げて見送った。

「よーし、頑張るぞー！」

気合は十分。手応えもある。

近々オープンするというキャロルの店には決して負けない。

明日くるお客様にもっと喜んでもらえるために力を尽くそうと私は思った。

◇キャロル視点

この国はどうかしているわ。

なんの努力もしていない貴族どもが貴族ってだけで、毎日遊んで暮らしていてふんぞり返っているなんて……。

あたしはどうしてもそれが納得いかなかった。

だって、あいつらはまともに金も稼げないような無能よ。

世の中は金！　金が全てなのに……！　その金をいたずらに浪費する連中が威張っているなんてどう考えてもおかしいじゃない。

あたしたちゴールデンベル家は平民だけど、あんな豚どもよりもよっぽど上等だと思う。

代々、金儲けの天才が築いた無限の財力。ゴールデンベル家は商人としての才覚を活かして、貴族以上の財を築いたわ。

特にお父様はゴールデンベル家を大陸一番の金持ちにするまで、商売を拡大させた。

王族へのロイヤリティ、つまり税金も多額に納付しているんだから。

今年の国家予算、実にその三割はゴールデンベル家からの納税。

この状況が意味するのはなにか？　そう、すでに王室ですら、我が家にはおいそれと手を出せない状態ってこと。

当たり前よ。武力でもってして強制的に我が家を解体なんてしてみなさい。この国の経済の根幹が揺らぐわ。

納税も減るし、町は失業者で溢れて治安も悪くなるでしょうね。

国家としてのデメリットが大きすぎる。

だから、国王は我が家を厚く遇《ぐう》するしかないってわけ。

お父様もその自信があったんだろう。

王族へのロイヤリティを増額する代わりにあるものを要求したわ。

——それは、権力。そう、無能な貴族が貴族として生まれたってだけで手に入れている権力をお父様は欲したの。

だって我慢できないじゃない。

あたしたちよりも遥かに貧乏な連中に、貴族ってだけで頭を下げなきゃならないって。

屈辱的だわ。あたしはそんなの耐えられない。

お父様もそうだった。常に努力して、額に汗して、お金儲けのことを一日中考える人なのだから。

なにもしていない連中に頭を下げるのが嫌だと思うのは当然だろう。

だから、得た！　我が家は平民にして唯一、公爵相当の権力を得るに至ったのだ。

これには反発もかなりあったらしいわ。

でも、お父様はそれも金の力で黙らせて、国王陛下より直々《じきじき》に特権をいただいたのだ。

これで我がゴールデンベル家は政治的にも発言権を得るに至った。

我が家は今後、もっともっと大きくなるだろう。

「そろそろお前も商売をやってみるか？」

そしてあたしもついにお父様の役に立てるときがきた。

お父様があたしに自分の店をもってみるかと声をかけてくれたのだ。

あたしは喜びに打ち震えたわ。ゴールデンベル家の人間として、やっと本格的にお金儲けができる。

「なにをしようかしら？　魔道具屋？　武器商人？　それとも……」

あたしはその明晰《めいせき》な頭脳をフル回転させる。

なにをしたって、失敗する気がしない。あたしはなんだってできる天才。

その上、このゴールデンベル家が代々築き上げてきた無蔵の金がある。

ゆえに無敵……、無敵だが……。どうせやるなら楽しくやりたいじゃない。

「……菓子屋。これはまだ我が家が手を出していなかったわね」

ゴールデンベル家の手がけている事業一覧に目を通して、あたしは菓子屋に目をつける。

甘いものは好き。ティータイムには必ず甘味を口にしている。

もしも、この菓子を自分で好きなものを作れるようになれば……。

もっと素敵なティータイムを手にできるかもしれない。

「どうせならでっかいのを作りましょう」

あたしは王都のど真ん中に大陸で一番大きな菓子屋を作ることに決めた。

それはもう、規格外の大きさよ。あたしが作るんだから、当然よね。

王都中から材料をかき集めよう。あたしは特に果物が好きだから、買い占めてしまおう。

一流の素材を使って、最高に美味しいのを作って、甘味で王都を支配してやる。

「ふふふふ、楽しみね。商売人として華々しくデビューして、いずれはお父様を超える大商人になってみせるわ」

まるで城のようにそびえ立つ大型の店舗を見てあたしは商売の成功を確信する。

こんなにも絢爛豪華《けんらんごうか》で壮大な菓子屋が歴史上にあっただろうか。いや、ないに決まっているわ。

このあたしが世界に一つしかない規格外のお店を作ったの。

話題性は十分。道行く人たちの視線は釘付けよ。

まぁ、それだけでも十分なんだけどあたしは手を抜かない。

大陸中からゲストを呼んで、オープン記念の式典を盛大に開催したわ。

インパクトも大事だけど宣伝も同じくらい重要。

「遠いところからはるばるきてくれて感謝しますわ！　今日は思う存分楽しんでください！」

「「わーーーっ！」」

拡声する魔道具を使って高らかに開店の挨拶するあたし。

会場は大盛り上がり。この喝采、気持ちがいいわね。クセになるかもしれない。

「キャロルお嬢様、これはまた大きくなられましたな。……今日は招待いただきありがとうございます」

「トルバーナ王国のレイヴン伯爵。ご無沙汰《ぶさた》しているわ。お味はどうかしら？」

「……味、ですか？　うむ、もちろん美味でございます。これなら成功間違いなし。……ところで今日はお父様は？」

「あたしの店の式典よ。お父様はこないわ。……ありがとう。そう、美味しかったのね」

各国の貴族もあたしに頭を下げて、菓子を絶賛する。

全員、お父様にも挨拶したいって、律儀な人たちね。

まぁ、お父様は商売するために低金利で他国の貴族たちに金を貸したり、ものを融通したり、しているみたいだから彼らから慕われているのよね。

「それにしても盛り上がっているわね。みんな美味しそうに食べている。ふふふ」

思った以上の大盛況。巨大な店舗には大陸中からきた客で溢れかえっており、菓子も飛ぶように売れていた。

こうなると他の同業者が不憫《ふびん》になるわね。

あたしの店が王都中の菓子の需要をすべて満たしたら、他の店がいらなくなるもの。

「あのあたしの誘いを断った生意気な王都外れの店が潰れるのも時間の問題ね」

楽しくなってきたわ。これが充実感ってやつね。

自分の店を持ってこんなにワクワクするなんて、知らなかったわ。やっぱり実際にやってみるのと、見ているのでは全然違う。

「ふふ、これなら大成功って言え――」

「こりゃあ、イマイチだな」

「はぁ？」

今、なんて言った？　あたしの店の菓子をイマイチって言った？　言うに事欠いて、イマイチですって！

カチンと頭にきた。こんなに腹が立ったのは、あたしのことを小さくてかわいいってバカにされたとき以来よ。

「あんた、このアップルパイがイマイチってどういうことよ⁉」

「えっ？　あっ……、それはそのう。……昨日食べたやつのほうが美味しかったから、つい」

「…………」

「なんていうのかな。ここのアップルパイは見た目は豪華なんだけど甘さだけで押し切っている感じで、りんごの風味が飛んでしまっているんだな」

はぁ？　はぁ？　はぁぁぁぁぁぁぁぁ⁉昨日食べたどこぞのアップルパイのほうが美味しかったですって⁉あり得ないでしょう。そんなの絶対にあり得ないわ。

うちの店は最高の素材を使って最高の味になるに決まっているのよ。

したり顔でわかったような感想を言っちゃって。何様のつもり⁉

「あんた、バカ舌ね」

「へっ？」

「この店の味がイマイチって感じるなら、あんたの舌がバカなのよ！　可哀想ね、ここの味がわからないなんて。同情するわ」

まったく、せっかくのいい気分が台無しじゃない。

まぁ、全員が全員まともな舌を持ってるわけじゃないし、ああいうのもいるのは仕方ないかもね。

とにかくこれだけたくさんの客がいるのよ。それが現実。

「初めての商売だったから、ほんのちょっぴり不安だったけどなんてことなかったわね。ふふふふ」
嫌な客のことは忘れてしまおう。
毎日、これだけの客がくれば大儲けするのは間違いない。
ここが成功したらお父様もまた次の商売を任せてくれるはず。
さて、なにをしようかしらね。ふふふ、この高揚感、たまらないわ。

◆

「どうなっているのよーーー！」
おかしい。どう考えてもおかしいわ。
なんであたしの店が、大陸で一番大きなこの店に客がいないの？
あれだけ大盛況だったのに、こんなに静かになるなんて意味がわからない。
オープン初日から数日、このお店は確かに賑わっていた。
でも、それから少しずつ客足は途絶え始めてきてあたしは違和感を覚える。
（最初はこういう日もあるって思っていたわ。でも……）
それからさらに数日経った今、パッタリと人がこなくなってしまった。

はっきり言って閑古鳥が鳴いていると言ってもいい。

「キャロルお嬢様、そろそろご昼食でも――」

「いらないわ」

「左様《さよう》でございますか」

使用人があたしに昼食をすすめる。

まったく、こんなときにご飯なんて食べられるはずがないでしょ。

これは危機的状況よ、危機的状況。このキャロル・ゴールデンベルの最初の商売が大失敗なんてあり得ないんだから。

「ねぇ、これは一体どういうことなのかわかるかしら？」

「……これは、と申しますと」

「バカなの？　これはといったら、この店が流行ってない理由に決まっているでしょう」

まったく、あたしもヤキが回ったわね。

誰に聞いたって理由なんて分かりゃしないんだから。

あたしは自分の質問のくだらなさ加減に頭にきた。

「この辺りの客はすべて王都外れの菓子屋に行ってしまったのではないでしょう

か？」

「はぁ？」

まさか答えが返ってくるとは思いもよらなかった。

しかもよりによってあのみすぼらしい女の店の名前が出てくるなんて、本当に意味がわからない。

「す、すみません。……ですが、王都外れの菓子屋が国で一番の菓子が食べられるという噂を最近耳にしまして、そのう」

ちょっと、それ本当なの？　あたしの店を差し置いて国で一番の菓子って……。

だってあの子はあのとき、あんな傷んだ果物を喜んで買っていくような愚行をおかしていたわよ。

そんな女の店にあたしの店が負けるなんて考えられないんだけど……。

「……馬車を出してちょうだい」

「ば、馬車ですか？　どこかにお出かけされるのですか？」

「王都外れの店にいくに決まってるでしょ。さっさと支度《したく》して」

「は、はい！」

あたしは使用人に命じて馬車を走らせる。

あの子の店が大盛況っていうような噂なんて信じられないけど、この目で確かめないと……。

「そ、そんなバカな！」

なによ、この行列。まさかあの店に入るためにこんなにたくさんの人たちが並んでいるっていうの？

あたしは目の前にズラッと並ぶ人々の数に愕然《がくぜん》とする。

偵察に行かせた使用人からは王都外れの小さな店だと聞いていた。

それはそのとおりで思ったよりも小さいくらいである。

だが、その店の前でガヤガヤと並んでいる客の数はちょっと異常だ。

しかもみんなニコニコして並んでいるし……。まるであれじゃ店の菓子を食べるのが楽しみで仕方ないみたいじゃない。

「ちょっと、退《ど》きなさい。貧乏人！」

「なんだと！　んっ？　それくれるのか？」

「……わかったら、さっさと退くことね。ほら、お金を配ってあげるわ。道を開けなさい」

あたしは行列に並んでいる連中に金を配って、最前列へと足を進める。

ちょっと、これ。どうなってるのよ。こんなに小さな店に普通じゃない数の人だかり。

どんな魔法を使ったら、こんなことが起こるっていうの……。

「いらっしゃいませ！」

カランと安っぽい鈴の音が鳴ると、先日のみすぼらしい女がエプロンをつけてこちらに笑顔を向ける。

なによ、あの子。嬉しそうな顔をして。

そんなにあたしの店を差し置いて客をかすめ取ったことが嬉しいっていうのかしら。気に食わないわ。

「ちょっとこれ、どういうこと？」

「えっ？　きゃ、キャロルさん？　お店にきてくれたのですか？」

「あたしがきたのは見ればわかるでしょ。なんでこんなに客がこんなみみっちい店にきてるのよ？」

「あ、ええーっと。新メニューが好評だからでしょうか……」

困ったような表情をして新メニューなどというわけのわからぬ言葉を口にする女。

そんなメニューくらいで客がきてたまるか。

あたしの店だってこんな店より豊富な品揃えだし、最新の魔道具を使っているから大量に作って、なおかつ保存もできる。

客の需要を満たす条件はあたしの大型店舗のほうが最強のはずなのに……！

「その新メニューとやらを出しなさい」

「あ、はい。でも新メニューといっても色々と種類がありまして」

「なんでもいいから、もってきなさい！」

あたしがここでこき下ろしてあげるわ。

新メニューなんていう子ども騙《だま》しにこの店のバカ舌連中は惑わされているんだろうけど、あたしはそうはいかない。

こっちは離乳食から一流のものを食べ続けているのよ。

つまり食通ってこと。本物の良さをしっているんだから。

「マーマレードのタルトでございます」

「はぁ、貧相な見た目ね。もっと華やかだと思っていたわ」

席についてまもなくして、女は皿にちょこんと乗ったタルトをもってきた。

こんなショボい見た目のタルトより、あたしの店のフルーツタルトのほうが、一面にいちごを敷き詰めたり、色とりどりの果実をちりばめたりして、華やかよ。

やっぱり、この店。最新の魔道具がないのね。

だから、保存の難しい新鮮な果実を使ったメニューがほとんどない。こんなマーマレードみたいなものに頼らなきゃ、メニューのバリエーションも満足に出せないのよ。

「んっ？　でも、随分といい香りね……。ジュルッ」

な、なにっ⁉　い、今、なにが起こったの⁉

まるで初夏を彩るような、爽やかで上品なシトラスの香り。

それがふわりと鼻腔《びこう》をくすぐったかと思うと、急に唾液が溢れて食欲がわいてきた。

（食べたい……。食べたい、食べたい、食べたい、食べたい。早く……、食べたい！）

「サクッ！　――――っ⁉」

気付いたとき、あたしはもうそのタルトを口にしていた。

勝手に体が動いてしまったような感覚に戸惑うあたしだったが、そんなことを考えるよりもなによりも……。

「お、美味しい……。………………はっ⁉」

あ、あたし今、なんて言った？

まさか、この貧相でみみっちいマーマレードタルトみたいなものを、「美味しい」って言ったの？

あ、あり得ないわ。あり得ないわよ、こんなの。で、でも――。

「サクッ……」

（美味しい～～～ッッ‼）

なんなのよ、これ。どうしてこんなに……！

信じられない。あたしの舌の上でまるで革命でも起きてしまったくらいの衝撃が走っている……！

「こ、こんなに皮が柔らかくて甘みのあるマーマレードは初めてよ。さわやかな酸味と程よい渋みの塩梅《あんばい》が絶妙。そして、極めつけはこのタルト。ほろほろとまるで舌の上で溶けるように崩れて、すべてを包み込むような優しい甘みで、マーマレードの味がより鮮烈に伝わるように繊細に作られている！　はっ！」

なんであたしは丁寧に味の解説なんかしちゃっているのよ。

ボロクソに貶してやる予定だったでしょう。

これじゃまるで、認めちゃっているみたいじゃない。あたしの店よりもこの店のほうが上だって。

そんなはず。そんなはずがないのよ。このタルト一つが美味しかったくらいで——。

「おおっ！　やっぱりこのアップルパイとアップルティーのセット、最高だな！」

「うっ……！」

な、なによ、それ。そんなの見せびらかして。

アップルパイとアップルティーって、そんな組み合わせ子どもだって考えるわよ。

独創性もあったもんじゃないわ。まったく。

「あたしにもアップルパイとアップルティーを！　あっ！」

気付いたら、あたしはなぜか注文していた。

意味がわからない。本当にどうしてこんなことになったの。

このアップルパイも最高に美味しいじゃない。アップルティーも一流のものと比べても遜色《そんしょく》ないレベル……。

なによこれ。こんなことってあるの？

し、しかも。あのときあの子、傷んだ果物ばっかり買い込んでなかったっけ？

じゃあ、なに？　あの子は質で劣る果物を使ってこれだけの美味を——。

（ダメよ、キャロル。気を確かに持ちなさい）

ゴールデンベル家が商売に負けるなんてダメ。絶対に認めちゃダメなのに——。

「また、くるわ」

「あ、ありがとうございました！　キャロルさん」

まるで魔法にかけられたように、甘味に魅了されてしまった。

あーあ、お父様に言ってあの店は別のお店にしてもらいましょう。

「キャロル様、明日の予定ですが……」

「全部キャンセルして」

「はぁ？」

「明日は行きたいところがあるの」

しばらく商売のこと考えるのやめましょう。

あたしの認識が甘かったのかもしれない。

あんなにすごいものを見させられたから、世界一を目指すのがお金だけじゃ無理だって、ほんのちょっぴり思っちゃったもの……。

第三章　約束を守るために

「ちょっと、まだできないの？　だから特急料金払うって言ったのよ」

「も、申し訳ございません。順番にお出ししていますので、今しばらくお待ちください」

いつになく騒がしい店内。

どういう訳かあの日以来、キャロル・ゴールデンベルがよく私のお店にくるようになった。

いつも不機嫌そうに眉を釣り上げて注文した品を待ち、お菓子が目の前に運ばれると嬉しそうな顔をして食べるのだ。

今ではアルフレッド様と同じくらいの頻度で来てる我が店の常連。彼女、自分のお店はどうしたんだろう……？

「お待たせいたしました。ヨーグルトケーキでございます」

「まったく、遅いわね。あたしが熊だったらとっくに冬眠していたわよ。……あら、美味しそうね～」

「ありがとうございます」

ぶつくさと不平を述べながらもケーキを前にすると目を輝かせるキャロル。

コロコロと表情を変える彼女はユニークな人なのかもしれない。

「……さっさとあたしの店、潰しといて良かったわ。同じの作らせようとしても無理だったし。はむっ」

「えっ？　あのお店、止めちゃったんですか？」

「はぁ？　当たり前でしょう。一番になれないなら即時撤退。ゴールデンベル家の商売の基本よ。今は別事業を展開させているわ」

なんというフットワークの軽さ。潔いというか、ドライというか。

巨大な店舗を潰したという話をケロッとした顔で言い放つことからも、彼女の家の圧倒的な財力を推し量《はか》ることができる。

「別事業っていうことはあのお店を使って別のものを売っているとか、でしょうか？」

「へえ、あんた。あたしの商売に興味があるの？」

「あ、はい。気になりますね。野次馬《やじうま》みたいなものですが……」

私がキャロルのいう新事業とやらに興味を示すと、彼女の目がギラッと光る。

この人、すごいな。普通は失敗したらすぐにこんなにも自信満々の表情はできない。

まずは打ちひしがれて、膝をつく。かつての私はそうだった。

（そういえば、ゲームでもキャロルのメンタルの強さは異常だったわね）

確か、完膚《かんぷ》なきまで破滅させられてもケロリとしてリベンジを誓っていた気がする。

なんにせよ、さすがは攻略難度Aランクに出てくるライバルキャラクターといったところか。

「……で、大陸中から名産品をかき集めて物産展を開いたらこれが大当たりってわけよ。お菓子屋の負債は一気に回収。お父様に褒められちゃった」

「それはよかったですね。それでは、私はこれで」

「ちょっと待ちなさいよ。あたしの話はまだ終わってないわよ」

話が長い……。次の注文も入っているので急がなくてはならないのだが、キャロルのトークが止まらない。

私も多少の雑談には付き合うが、忙しいときはそうはいかないのである。

「はぁ、まどろっこしいわね。やっぱりお金払って貸し切りにしようかしら」

「いえ、うちの店ではそのようなことは……」

「いいじゃない。あんたも楽にお金が稼げるのよ？」

貸し切りにするというキャロルの申し出を拒否すると彼女は頰を膨らませて不満

げな表情をする。

そりゃあ、お金はほしい。生活するために絶対に必要だから、あるに越したことはない。

でも、今はできるだけ多くのお客様にお店の味を楽しんでほしいと思っている。

だから、キャロルには申し訳ないが断らせていただいたのだ。

「むぅ、わかんない人ね。お金はちゃんと払うって――」

「なんでも金で解決するのは下品だな。キャロル・ゴールデンベル……」

「んっ？　あんた、この前の……」

そんなキャロルにアルフレッド様がチクリと一言物申す。

二人とも常連なのだが、お店の中で鉢合わせになったのは今日が初めてである。

アルフレッド様の低い声に反応したキャロルはフードを被った彼のことを思い出したのだ。

「はぁ、これだから貧乏人は困るわね。お金で解決するのが下品ですって？　ちゃんちゃらおかしいわ」

「………………」

「いい？　ゴールデンベル家は王家にどれだけ献金しているのか知っている？　こ

の国が豊かなのは我が家が金をばら撒いているからよ」

「…………」

「だから金を使うことは悪ではないわ。おわかり？」

「……アップルパイを二ついただこう」

「ちょっと、話聞きなさいよ！」

どうやらキャロルのターゲットはアルフレッド様に変わったようだ。

ギンと睨みつけながら、お金を稼いでそれを使うことは悪くないと口にする。

確かに彼女の言っていることは正しい。ゴールデンベル家が経済的に国が豊かになるのに貢献しているというのも本当だろう。

ただ、なんていうか。お金でなんでもわがままを通しちゃうと、常連さんに迷惑をかけてしまうというか、足が離れてしまうという懸念《けねん》があった。

だから私は彼女の貸し切りをしたいという話を断ったのだ。

「アップルパイをお二つですね。かしこまりました」

「へぇ、あんた男のくせに随分とかわいいのを頼むじゃない」

「なんとでも言え。ここのアップルパイの甘味を楽しめるなら、君になにを言われても構わない」

アルフレッド様は冷静にキャロルの挑発を受け流す。

そんなふうに思ってくれて嬉しい。今日もとびっきり美味しいアップルパイを作れるように頑張らねば。

「なによ、それ。つまらないわね。……レナ、あたしにもアップルパイ二つ。あとアップルティーのお替りもちょうだい」

「かしこまりました」

それにしても大富豪の娘であるキャロルもそうだけど、第三王子のアルフレッド様と、常連さんの顔ぶれが濃くなったものだ。

でも、楽しいな。毎日が楽しい。

この賑やかな店内こそ、前世の自分の夢だったから……。

◆

アルフレッド様とキャロルは言い争いをしていたが、アップルパイを目の前にするとそちらに集中し始めた。

（二人とも美味しそうに食べてくれているわね）

この瞬間は何度味わってもいいものだ。このためにお店を開きたいと願っていた。
ガヤガヤと騒がしい店内だが、ひと口食べるとそれだけで自分の世界に入ってい
ける。そんな品を出すのが私の理想だが、どうやら上手くいっているみたいである。
「レナちゃん、このクッキー、プレゼントしたいから包んどいて」
「おーい、紅茶お代わりもらえるかな」
「すみません。こっちのパウンドケーキ、六個ほしいんだけど、三つずつ分けて詰
めてくださる?」
「かしこまりました。あっ！　お荷物こちらに置いていただいて大丈夫です。……
こちら、お代わりですねー。三つずつ、承知いたしました。お分けさせていただき
ますね！」
お昼すぎはラッシュアワーだ……。自分の体があと二つくらいほしくなるほど忙
しくなる。
この時間帯はさすがにお客様の雑談には付き合えない。
もう少し軌道に乗ったら、従業員を募集しよっと。
そんなことを考えながらあくせくと働いているとあっという間に時間がすぎてい
った。

「今日も美味しかった。またくるよ」

「いつも、ありがとうございます」

「あと、これを君に」

「えっ？　これはチラシ、ですか？」

アルフレッド様は帰りがけに一枚のチラシを手渡してきた。

（なんだろう？　どこかのお店で食材が安売りしているとかかしら？）

こんなことは初めてだ。そもそも王子である彼がお店のチラシなど持ち歩いているなど考えもしない。

私は手渡されたチラシに目を通した。

「公爵家主催、料理大会……？」

そこに描かれていたのは料理大会開催の概要であった。

（そういえば、こんなイベントもあったわね）

私はゲームのシナリオを思い出す。

ガウェインルートのクライマックス。それは公爵家、つまり彼の家が主催する料理大会というイベントであった。

この国ではすでに恒例の行事となっていることだが、公爵は美食家として知られており、毎年料理大会を主催していた。

国内の料理文化のレベルを上げるというのが理念だそうだ。

あるテーマに沿って料理自慢たちが腕を競う貴族たちの余興だが、忖度《そんたく》がないので平民が優勝することも多い。

まさに、この国で最も熱いイベントの一つである。

去年のテーマは肉料理で、優勝した平民の男性の店は貴族御用達の最高級店へと格が上がった。

審査委員長の公爵は優勝した料理人には援助を惜しまないと公言しており、その男性も多額の支援金を手に入れたらしい。

「ほら、ここ。今年のお題を見てくれ」

「お題は……、デザート、ですね」

「うむ」

アルフレッド様はお題について触れて、私になにが言いたいのか伝わっただろうというような表情をする。

確かに語らずともなにが仰りたいのかわかってしまった。

彼は私に出ろと言っているのだ。公爵家主催の料理大会に……。

「あら、今年のお題はデザートなの？　じゃ、あんたが出たら優勝じゃない」

「キャロルさん……」

そんな会話を聞いていたのか、突然キャロルが私の手にしたチラシを覗き込む。

(優勝か。うーん、その自信がないわけじゃないけど)

キャロルの言葉は私への賛辞として受け取りたいと思うほど嬉しかった。

でも、よりによって私の元婚約者の父親が開催する大会。しかも私はガウェインと酷い別れ方をしている。

さすがにこの大会に出るなど考えられなかった。

「会話に割り込むのはマナー違反ではないか？」

「あんたもさっき割り込んだじゃない」

「あれは彼女が困っていたから助け舟を出したまでさ」

アルフレッド様は会話に横入りされたことに対して明らかにムッといる。

さっきから思っていたことだが、この二人は合わないかも。最初に会ったときから一触即発みたいな空気だったし。

キャロルはアルフレッド様が王族だと知ったらどうするんだろう。

プライドの高い彼女のことだから、それだからといって態度は変えないとは思うが驚くだろうな。

「ただ、まぁ。レナ、君が出たら優勝間違いなしという点については僕も同意見だ」

「アルフレッド様まで……」

「だからこそ僕はチラシを君に見せた。どうだ？　出てみないか？」

アルフレッド様も私の作っている菓子を評価してくださり、キャロルに同意する。

見るだけで魅了されてしまいそうな美しい瞳に見つめられると私もつい頷いてしまいそうになった。

だけど私には強靭《きょうじん》なブレーキがついており、それを踏みとどまるに至る。

実は大会に出ない理由。もちろん、公爵家とのいざこざが原因だがそれだけではない。

ゲームのガウェインルート終盤のシナリオ……ヒロインのローラは立派なケーキを作って優勝するストーリーで、平民落ちしたレナは変装して出場してローラを妨害したことがバレて捕まって投獄されてしまう。

（妨害するなど考えられないが、前の対決でも結局私が不正を働いたことになって

しまったわ）

シナリオがどうなるのかわかっていて臨んだ、この前の料理対決。

私はなにもしていないのに、不正を働いたことになった。これはどう足掻《あが》いても
シナリオの強制力には抗えないことを示しているのかもしれない。

それならば、極力イベントには関わらないようにするのが吉だろう。

「私はそういうのは興味がありませんので。せっかくですが、出場はやめておきます」

思わず私はブンブンと首を横に振って出場するのを拒否してしまった。

アルフレッド様の提案を断るのは心苦しいが、これは仕方ない。

（そもそも、どの面下げて公爵家が主催する大会に出ればいいのか分からないのよね）

公爵家主催の大会に出たら、きっと私は嘲笑《ちょうしょう》されるだろう。

そうなれば、アルフレッド様やキャロルに過去が知られてしまう。

せっかく常連さんとして良い関係を築いたのにそれが壊れてしまうのは怖かった。

「レナ、興味がないというがこれはチャンスだぞ。もしも優勝すれば名実ともに国で一番だと認められることになる。そうなれば、この店をさらに大きくすることも

できる」

いつもは沈着冷静なアルフレッド様は少しだけ興奮気味になり私に強く大会出場を薦める。

そんなに私のお店のことを想ってくださっていたなんて……。

もちろん、私だってゆくゆくはお店を大きくしてもっと多くのお客様に味を知ってほしいという願望はある。

だが、そのために大きなリスクを冒したくはなかった。

「特に名誉はほしくないんですよ。私はこうして細々とお店を経営して、少しずつお客様を増やしていったほうが性《しょう》に合っていますから」

それっぽい理由を述べてみる。

地道に頑張ろうという気概は最初からあったのでこの気持ちは嘘ではない。

今の私はどんな顔をしているだろうか。

嘘はついていないが、不審な挙動をしていないかと不安にはなる。

「はぁ～、あんたもったいないわね～」

「キャロルさん？」

「細々とやるなんて、才能のない負け犬の言葉よ。あんたには似合わないわ」

いやいや、それは言いすぎだろう。もちろん、私を焚《た》きつけるために言ってくれているんだろうが、負け犬は酷い。

とはいえ、アルフレッド様だけでなくキャロルをもそれだけ失望させているのかもしれない。

期待に応えられないのはなんとももどかしいものである。

「すみません、キャロルさん。でも、私……」

「もういいわ。あんたの目を見てわかった。いつもの輝きが消えているもの」

彼女はそんなことを言って、お店から出ていった。

ううう、罪悪感がすごい。なんでこんなに心が痛いんだろう。

（いや、理由ならわかっている。本当は私だって出たいんだ）

前世での修業時代はコンテストに出場することで、技を競い合ったものだ。

普段とは違う緊張感はそれだけで自分を高めることができた。

それに今の力を単純に確かめたいというのもある。自信が過信ではないのか、客観的に知っておきたい。

「意外だな。キャロル・ゴールデンベルがあそこまで熱意を持って君を焚きつけるとは」

「なんだか、彼女に申し訳ないです。もっとお祭り好きなら良かったのですが」

それでも私は精一杯誤魔化す。キャロルは帰ってしまったが、アルフレッド様はまだ目の前にいるのだ。

彼にもあくまでも私が大会に興味がないふうを装わなくてはならない。

「なぁ、間違っていたら悪いんだが……」

「は、はい。どうかいたしましたか？」

「他に理由があるんじゃないか？」

「理由、ですか……」

その瞬間、私の心拍数が跳ね上がった。

彼の透き通った瞳に射抜かれた私はなにもかもが見抜かれたような感じで……、若干手が震えてしまっていた。

「な、なんでもありませんよ。ど、どうしたんですか？　急にそんなことを仰って……」

目が合わせられない。手の震えを押さえるも、もう片方の手も震えてしまって収拾がつかない。

（これではなにか秘密があると言っているようなものじゃない）

久しぶりに嫌な汗をかいた。アルフレッド様はなんというだろう。

これ以上追求されたら私は……。

「明日は店休日だったよね？　少しだけ話がしたい」

「あ、はい。わかりました」

嫌な予感がした。決していいお話ではないのはわかっていた。

でも、真剣な表情を見せるアルフレッド様の言葉に押されてうなずいてしまった。

「ありがとう。では、また明日」

穏やかな口調で明日会う約束をして、彼はお店から出ていく。

改まって、どんな話をするのかさっぱりわからない。

明日が怖いと思えば、思うほど早く時間がすぎるもので、あっという間に閉店時間を迎えてしまった。

アルフレッド様、一体どんなお話をしようとされているのですか？

私はまどろんで眠りに落ちるそのときまで、それればかりをずっと考えていた。

◆

そして迎えた店休日の朝。

約束の時間ぴったりにカランと鳴る鈴の音とともに彼が現れた。

見慣れたフード姿の彼は店内に誰もいないことを確認するとゆっくりと顔をあらわにする。

常連となった彼の、雪の結晶のように儚げな銀髪も、サファイアみたいに輝くきれいな瞳も、私はまだ見慣れていない。

しっかりと彼の顔を見るのはまだ三回目だから……。

「急に予定を作らせてしまってすまない」

「いえ、お気になさらずに。今、お茶を用意しますからお好きな席にかけてください」

「ああ、そうさせてもらう」

声が震えそうなのを必死で堪えて、いつもどおりに話そうと私は努めていた。

なんの話だろう。気になってしまい、紅茶を淹れる手つきがおぼつかない。

それでもなんとか紅茶を淹れ終わり、アルフレッド様のところに運ぼうと手にする。

「……ローゼストーン伯爵家について調べた」

「えっ？」

彼の言葉を聞いた瞬間、パリンと音を立ててカップが割れてしまう。

なんてことだ。手の力が抜けて、おぼんを落としてしまった。

「す、すみません。すぐに替わりをお持ちします」

こぼれた紅茶と落として割ってしまったカップなどの片付けを慌てて始めた私の頭の中はもうぐちゃぐちゃである。

一番知られたくない人に知られたくないことを知られてしまった。

こんな残酷なことってあるだろうか。

（嫌な予感は当たっていたわね。アルフレッド様は私を糾弾しにきたんだ）

混乱の最中、私はこのあと言及されるであろうことを想像して恐怖した。

アルフレッド様は王族。名乗ったときに、いつかは知れることだと覚悟はしていたはずなのに……。

残念なことにその覚悟よりもショックが予想以上に上回ってしまっている。

「茶はいい。とりあえず、そこに座ってくれ」

「は、はい」

低く通る声で、私を対面に座らせようとするアルフレッド様。

その声に私は従うほかない。自分のお店から逃げ出したいという気持ちを抑えながら私は椅子に座る。

（こうして目の前に座るのは初めてね。これはどんな表情？）

アルフレッド様はただまっすぐに私を見据えていた。

そこに怒気や悲しみは感じられず、ただ真剣にこちらを見つめているだけ。

もっと怒っているのかと思っていたから、それは意外だった。

「最初にレナ・ローゼストーンと名前を聞いたとき、実は聞き覚えがあったんだ。どこかの貴族の令嬢の名前程度の記憶だったが……。だが、僕もワケありだし、それには触れずにいた」

なんと、最初からアルフレッド様は私の名前から貴族の娘だと気付いていたのか。

その可能性はもちろん名乗ったときに考えたが、あまりにも自然な態度だったから全然気がつかなかった。

（素知《そし》らぬふりをしてくれていたってことよね。でも、今回それを言いにきた。それはつまり……）

なぜ彼がここにきたのか大体察しがついてしまう。

ここにきた理由、それは素知らぬふりができなくなったからだ。

「貴族が平民として菓子屋を営むのにはなにか理由があると思うのは当然。だが、菓子は美味しいし、君があまりにも幸せそうにしていた。他に僕がなにも君の過去に触れなかった理由はこんなところだ」

「はい……」

短い期間だが、私の人生は一番充実しており楽しかった。

前世の経験値のおかげで、これまた前世からの夢を叶えることができたのだ。こんなに嬉しいことはない。

そんな私を幸せそうだと優しく見守ってくれていたアルフレッド様には感謝しかない。

「でも、先日の社交界で君がローラという令嬢との料理対決で不正を働いて、それがきっかけでローゼストーン家が没落したと知った」

「やはりそのお話でしたか」

「君は余興とはいえ、卑怯な手段により元婚約者の誕生日パーティーを汚した。それは許されることではない、と語られていたよ」

「………」

全身に針が刺さったみたいな感覚になる。

寒気もする。さっきから意識が何度か飛びそうになっていた。

心拍数はこれでもかというくらいに跳ね上がり、鼓動が激しすぎて息も満足にできない。

「そのあまりにも酷い話に対して、事実なのか尋ねるのが怖くてね。すまない……、昨日は回りくどい聞き方をした」

なぜアルフレッド様が謝るんだろう。

あのチラシの公爵家主催の料理大会に参加しないかと尋ねられたことにはそういう意図があったのか。

今となっては腑に落ちたことだが、あのときの私には知りようもなかったことだ。

「…………」

「…………」

そこから、しばらくの間沈黙がこの場を支配する。

そういえば、以前にも似たような状況になったことがあったな。

初めてアルフレッド様にマドレーヌを食べてもらったときだ。

あのときは彼が味の感想を口にしなくてやきもきして、緊張でおかしくなりそうだったのを覚えている。

でも、あのときの緊張感など今と比べたらなんてことはない。

このまま消えてなくなりたいとまで思っている現状とは比較にならないのである。

「……で、事実なのか？」

間を十分に取ったあと、アルフレッド様は真偽を確かめるために質問を口にした。

誤魔化すつもりはない。黙っていたのはそうだが嘘はつきたくない。

「事実、です」

「そうか……」

私は彼の問いかけに答えた。

本当は弁明したかった。糾弾はされたが、不正を働いてなどいないと。

でも、そんなことはできない。最早、あのときに私が無実だと証明する手段はないのである。

ローラの料理が何者かによって妨害され、私がその犯人にされてしまったこと。

それが周知の事実なのである。

「……だが、君ほどの腕の者が不正を働くとは思えない。その話は本当なのか？」

「質問の意図がわかりません。もうそれが事実となっていますし、どんなに弁明しても誰も信じてはくれませんでした。……アルフレッド様は私が不正をしていないと言えば信じてくれるのですか?」

半ばやけくそ気味に私は再び真偽を確かめるような質問をされたアルフレッド様に早口でまくしたてる。

誰もがローラとガウェイン様の味方で私の話などまったく聞いてはくれなかった。もう弁明など喉が潰れるくらいしたのである。

そのたびに嘘つき扱いされて、見苦しい最低な人間だと罵られた。

状況的に私以外に犯人はいないと断じられたのである。

「……ふぅ、僕はその〝君の言い訳〟を聞きにきたんだ」

「言い訳? それはどういうことです?」

「君の菓子を食べれば不正など必要がないとバカでもわかる」

もしかしてアルフレッド様は最初から私が不正などしていないと、信じてくれていた?

どうやら私の作った菓子の味を知っている彼は、不正をしてまで勝とうとした話を疑っていたみたいだ。

「君はやってもいない不正をやったことにされているんじゃないかい?」

「……私、不正なんかやっていません。でも、どうにもできなくて。誰も信じてくれなかったんです」

「その言葉だけで十分だよ。僕はどこまでも君のことを信じるから」

「信じて……、くれるんですね……、ぐすっ」

気付けば涙が頬をつたっていた。

蛇口が壊れたみたいにとめどなく、目から涙が流れてしまう。

父も使用人たちもそれまで仲の良かった友人たちもみんな私の言葉を一切信じてくれなかった。

心機一転、お菓子屋さんを始めようと奮起したが、どうやら私の中に信じてほしいという願望は残っていたらしい。

悔しかった。悲しかった。死ぬほど辛かった。

そんな思いが一気に押し寄せて、感情の制御が利《き》かない。

(ダメだ。本当に止まらないわ。これじゃ、アルフレッド様を困らせてしまう)

どこか冷静な私は俯瞰《ふかん》でこの状況を見ることができており、目の前であ然とした表情でこちらを見守るアルフレッド様に申し訳ないという気持ちもあった。

どうしたら、これ止まるんだろう。やばい、涙がだだ漏れで、きっとドン引きさせてしまう。

「……僕のことは気にしなくてもいい。辛かったね。ほら、これを」

「あ、ありがとうございます。ぐすっ」

ぶっきらぼうに聞こえる静かな口調だったが、そこには温かみがあるように感じられる。

アルフレッド様はハンカチを私に手渡すと黙って落ち着くのを待ってくれた。

いい歳をして泣き崩れるなど恥ずかしい。穴があったら入りたい。

そんなことを思っていたが、彼の優しさに触れると不思議と涙は止まった。

もう大丈夫だ。私は十分に過去を洗い流すことができた。

「申し訳ございません。料理大会の話を聞いたときに素直に出られない本当の事情を話せば良かったです」

「言いたくないことの一つや二つ、誰にでもあるさ。僕のほうこそ辛い告白をさせてしまって、すまないと思っている」

なぜかアルフレッド様は私に頭を下げる。

彼が悪いことなど全然ないのに……。

確かに打ち明けるまでは辛かった。でも全部話してしまった今は違う。

むしろ、私の心はこれまでになく晴れやかだ。

「アルフレッド様に話せて楽になりました」

さっきまで泣いていたのに多分、今の私は笑っていると思う。

少しの時間でこんなにも気持ちが変わるなんて、人間の感情というのは不思議なものだ。

「それはよかった。……では、本題を話そう」

「えっ？　ほ、本題って、先ほどの話が本題ではないんですか？」

思いもよらぬ彼の発言に私はびっくりした。

いやいや、めちゃめちゃ泣いたし、涙ながらに告白したたし、その話がしたいからアルフレッド様ってここにきたんじゃないの？

わからない……。この話よりも大きな話があるとでもいうのだろうか。

「ああ、実はそうなんだ。僕がここにきた理由。それは君に料理大会に出て名誉挽回しないかと、提案するためだ」

「ええーっ⁉」

アルフレッド様、それはあまりにも話が飛びすぎているというか。怖いことを仰る。

私がどうして貴族の身分を失ってお菓子屋を営んでいる経緯を知っているのに、

まさかそんな提案をされるとは……、思いもよらなかった。

「もちろん、君の気持ちはわかっている。……そうだな。気分転換に外を歩きながら話さないか？」

「は、はい。それは構いませんが……」

すべてを承知した上で彼は私に料理大会に出るように勧めているらしい。

（うーん。なにか意図があるみたいね）

散歩に誘われた私はそれを了承して一緒に店の外に出る。

今日はいい天気だ。散歩するには絶好の日和《ひより》とも言える。風も程よく吹いていて気持ちがいい。

こうして私たちは王都の外れの小道を少しだけ歩くことにした。

◆

陽光を受けながらのどかな小道を歩くこと数分、私とアルフレッド様は終始無言だった……。

（定期的に無口になるわね）

この無言の状態にもそろそろ慣れてきたような気がしないでもない。

そもそもこの御方、未だに婚約などしていないみたいだし、女性と話すのが苦手なのかな。

いやいや、そうは見えない。なんせいつもは饒舌に話しているし、緊張しているようにも感じられない。

黙っているのが趣味？　うーん、そんなはずはないか。

そんなことを考えながらチラッと横目でアルフレッド様の顔を見る。

「……んっ？　ああ、黙っていてすまないな。どうも考えながら話すのが苦手なんだ」

「考えごとをされているのですか？」

どうやら、アルフレッド様はなにかを考えながら歩いていたらしい。

それで黙っていた、と。それなら私のマドレーヌを最初に食べたときもなにか考えていたのかしら……。

「どう君に話を切りだそうかと思ってね」

「話というのは料理大会の件、ですよね……？」

「ああ、そのとおりだ」

アルフレッド様がなぜ事情を知った上で料理大会に出ろ、と仰ったのか謎である。

そもそも出られない理由を話すために過去の告白をしたつもりだった。

だからこそ、絶対に辛い結末が待っている大会に出ろなど言われるとは思いもしなかったのだ。

(でも、考えをまとめるのに時間がかかるほど、なのよね。なにか理由があるのかしら)

大会に出てほしいとそうまでして思うのにはアルフレッド様なりの事情があるのだろう。

どんな事情なのか聞くだけは聞こうと思う。

彼が王子だからではない。彼が大事な常連さんだからだ。

「……大会に出るのはやはり気が向かないか?」

そしてようやく彼は本題とやらに入ってくれた。

最初の言葉は確認。これは言わずもがなというか、どんな返答になるのかきっと予想できているのだろう。

「はい。出るのは遠慮させていただきたいです」

当然ながら、私はその問いかけを肯定する。

何度もいうが、あれはトラウマ級の出来事だった。

自ら望んでもう一度あのような目に遭うのは狂気の沙汰《さた》である。

「知り合い全てに軽蔑されて立ち直れないほどでした」

「うむ」

「それに公爵家が主催となると元婚約者のガウェイン様が必ずこられます。そういう流れでしたので、彼とはいい別れ方をしていません。きっとあちら方にも迷惑がかかります」

なにより公爵家の面々に会うのが辛い。

ガウェイン様とは婚約期間もそれなりにあったので、付き合いが長い。

それだけに彼から浴びせられた罵声が一番私には堪えた。

ローラに惹かれていた彼などどうでもいいとは思えど、それでも一度結婚の約束をしていたのは消せない事実である。

はっきり言って彼とはできるだけ会いたくない。そう思うのは変わったことだろうか。

「うむ。でも、もう一度同じ質問をするのだが、不正はしていないのだろう？」

「それはもちろん、そうです！　……私には勝つ自信がありました。今となってはそれくらいしか証拠になり得るものがありませんが……」

信じてくれる人がいると知っているだけで、こんなにも力強くなれるのか。

今までになく大きな声で彼の問いかけに答えた私は沸々と湧き上がるナニカを感じ取っていた。

「勝つ、自信か……。ならばこれはチャンスだと思わないか？」

「えっと、すみません。仰っている意味がわからないのですが……」

アルフレッド様は私の目の前に回り込んで、まっすぐにこちらを見る。

チャンスというのは、なんの意図があっての言葉だろう。

（よくわからないわ。どうして料理大会が私にとってチャンスなんだろう）

話についていけずに私はつい首を傾げてしまう。

アルフレッド様は私になにを言おうとしてくれているのか……。ダメだ、私の貧弱な想像力では想像もつかない。

「少し話が飛んでしまったな。そもそも君がなにもしていないのに、不正があったという話。この前提に立つと、一つ疑問ができる」

「疑問ですか？」

「誰が君を嵌《は》めようとしたのかという疑問だよ」

「――っ⁉」

当たり前のように誰かが意図的に私を嵌めようとしていたから、あのような事件が起こったとするアルフレッド様。

私はバカだったのかもしれない。ゲームの世界だからなんらかの強制力みたいなものが働いて、不正をしたことになったとばかり思っていたが、そうかその可能性もあったのか。

見知らぬ誰か、いや知っている誰かが私を陥れようとしてあの事件を起こした。そう考えると空恐ろしい話だ。

「レナ、辛いのはわかる。だが僕は君が非道な行いをした結果、没落したと社交界で笑われていたことが我慢できなかったんだ」

「アルフレッド様……」

「君が本当に不正をしたならば因果応報、それも仕方なしと言える。だが違うと言うならば、誰かが君を不幸に突き落としたと言うならば、僕はそいつを許せない」

ギラリと光る彼の青い眼光。その光は強い意志を孕んでいたように感じられる。

彼は怒っていた。私に濡れ衣を着せた誰かに……。

「君が正々堂々と勝負して、本当の君の菓子の味を知ってもらえれば、そして優勝すれば……不正などしていないという君の主張に説得力を持たせられるとは思わないか？」

「それは、その。どうでしょう？」

「君は勝つ自信しか証拠にならないと言っていたじゃないか。僕もそう思うよ。優勝する実力があるのに不正を行うリスクを背負うなどバカらしい」

その理屈は理に適《かな》っているのかもしれない。

自信満々に私を説得しようとするアルフレッド様の言葉は確かに私を納得させかけていた。

泣いてこのまま引き下がるよりも汚名返上をするチャンスを摑んだほうがいいというのは、そのとおりだ。

（優勝する自信がないとは言わない。それで名誉挽回できるなら――）

本音を言えばこのまま誤解されっぱなしは嫌だ。認識を改めてもらえるなら、そうしたい。

だが一歩踏み出す勇気、それを振り絞る前に私は躊躇《ちゅうちょ》してしまっていた。

「だけどまたあの時みたいなことが起ったら……」

しかしアルフレッド様の推測が正しいのなら、今度もまたあの時と同様に私を嵌めようとする人が出てこないとも限らない。

前世の記憶を取り戻す前のレナ、つまり私の人間性は決して褒められるものではなく、知らずに恨みを買っている可能性は十分に考えられるのだ。

それにあの話は貴族の中だけに収まっていて、お店の営業には影響はなかったが、今度もそうだとは言い切れない。

なんせ公爵家の料理大会は平民たちも参加できるお祭りみたいなものだ。

その中で不正をしたと糾弾されれば、悪い噂は一気に王都中を駆け巡るだろう。

（やはりリスクが高すぎる）

名誉挽回はしたい。でも考えれば考えるほど、ダメだったときの悲惨さが頭をよぎって怖くなる。

臆病者なんだろうな、私は……。勇気があれば……、そう思わずにはいられない。

「大丈夫だ。僕がそうさせない」

「アルフレッド様が？」

「ああ……。大会当日は信頼できる部下を使って徹底的に変な動きをする者がいないか調べさせる」

「ええーっ⁉」

そこまでしてくれるとは思わなかった。

というより、なんでそこまでしてくれるんだろう。

アルフレッド様が心強い言葉をかけてくれるのは嬉しいが、私の頭の中に疑問が生まれる。

「君を嵌めようともう一度動くなら逆にしめたものだと思っている。僕が一番知りたいことがわかるからね」

「えっ？　なんですか？　一番知りたいことというのは」

「君を嵌めた人間は誰だ、ということさ」

「――っ⁉」

アルフレッド様がまとう空気が変わったような気がする。

冷たい目をしている。静かな怒りというのか。

やっぱり彼は私を貶《おとし》めようとした人に対して怒ってくれていたんだ……。

「僕が許せないのは君を嵌めた人間。もしもおかしな動きをする者がいたら、必ず捕まえさせる」

そこには強力な意志が込められていた。

もしかして、いやもしかしなくても、アルフレッド様の目的は私を嵌めようとした犯人を明らかにすることだ。

もちろん、私が名誉挽回することも願ってくれているのだろうが……。

「どうしてそこまでしてくれるのですか？」

率直な疑問を口にする私。

ちょっと前に知り合った平民落ちした元貴族にここまで肩入れしてくれるなんて、どう考えてもおかしい。

（もしかしてアルフレッド様、私のことを……。って、そんなわけないか）

おめでたい考えをしてしまい、思わず首をブンブンと振ってしまう。

そんな浮いた理由ではなく、きっともっと他の理由が——。

「好きなんだよ」

「へっ？」

「君の作る甘味が……」

「あ、そっち……」

「そっちって、どういうことだ？」

「いいえ、なんでもありません」

一瞬、告白されたと思って頭の上まで血が上りかけたけどすぐにもとに戻ってでしまった。

彼が私の菓子を好んでいるのは常連さんになってくれたことからも明白である。

でも、まさかそれだけで私にここまでしてくれるの？　アルフレッド様にとって甘味というのはそんなにも大きいものなのか。

「君の菓子は一朝一夕で作れるものではない。実に繊細で、そこから感じられるのは君の努力の軌跡だった」

「…………」

「その努力を僕は尊いものだと思っている。だからこそ、それを踏みにじられたことが許せない」

「それで私を嵌めた犯人探しを？」

「そうだ。仮に君が許しても僕は許せない」

彼は私の努力の積み重ねまで菓子の味から感じ取ってくれていたのだ。

アルフレッド様の美学に反するからなのか、それをめちゃめちゃにした人間が許せないみたいである。

「なにより君はこの国でずっと店を続けて、僕はずっと店に通うと約束している。それならば、今は広まっていないが、悪評はいつかきっと足かせになるはずだ」

「……確かにそうかもしれませんね」

「だったら、早めに覆《くつがえ》したほうがいい」

私ったら、アルフレッド様がここまで言ってくれているのにまだ迷っている。

約束、守らなきゃ……。私はここでお店を続けたい。堂々と胸を張って！

「すぅ……、はぁ……」

大きく息を吸って、吐き出す。

頭の中はスッキリしていて、心は自分でもびっくりするくらい落ち着いていた。

「出ます！　料理大会に！」

はっきりと公爵家主催の料理大会に出場すると宣言をする。

怖いだとか、トラウマだとか、そんな感情は吹き飛ばされてしまった。

私は必ず優勝する。そしてアルフレッド様の期待に応えてみせる。

「わがままを聞いてくれてありがとう」

「いえ、ケジメをつける機会を与えてくれて、こちらこそありがとうございます」

お互いに目を合わせて笑い合う。

なんだか随分と距離が近付いた気がするなぁ。

なにがなんでも優勝できるように頑張らなきゃ。私はこっそりと拳にグッと力を込めた。

◆

「美味しかったよー。はいこれ、お会計」

「ありがとうございまーす」

昨日のお休みは衝撃的だったな。

アルフレッド様に過去を知られてしまって、絶望して、それでも私を信じてくれる彼の前で号泣して……。

泣いてしまったのは恥ずかしかったな。強く生きようって決めたのに……、ダムが決壊したみたいに涙が止まらなかった。

それでも今の私の気持ちは晴れやかだ。一度腹を括《くく》ったからかもしれない。

『なにより君はこの国でずっと店を続けて、僕はずっと店に通うと約束している』

アルフレッド様はあの約束を大事にしてくれている。

私も彼との約束を大切にしたい。

そのためには、あの屈辱的な一日を乗り越えなくてはならないのだ。

「強くならなくちゃ……」

「んっ？　お金足りなかったかい？」

「はっ！　いえいえ、ぴったりちょうどです。ありがとうございました！　またのご来店をよろしくお願いします！」

危ない、危ない。なんか口に出しちゃってた。

仕事中に独り言はよくない。

「そういえば、来週は店休日が多いねぇ。なにかあるのかい？」

「ええ、ちょっと。これに出てみようかと」

そう、来週に私は料理大会に出場する。

お題はスイーツ。つまり私の得意分野だ。

当然、隠しておくつもりはない。そして一日がかりなのでお店は残念ながらお休みにせざるを得ない。

だから私は予《あらかじ》めお店の外の掲示板に店休日を告知しなおしておいた。

「ほう、公爵様主催の料理大会。はっはっは、レナちゃんが出たら優勝しちゃうかもねぇ」

「へぇー、料理大会のお題はスイーツか」

「応援行くから頑張ってね」

常連さんたちは私の挑戦を応援してくれると言ってくれた。

こうなったらもう後には引けない。彼らの期待に応えるためにも私は最高の一皿を創る。

(あのときは味方なんていなかったけど、今は違うわ)

私には私の甘味を知ってくれている人がたくさんいる。見守ってくれている。

「あら、あなた料理大会に出るって決めたの?」

「キャロルさん……」

常連さんたちの声を聞いて、キャロルもこちらにきた。

そういえば彼女の前では興味がないから出ないとか言っちゃったんだっけ。

なんだか少しだけ恥ずかしいかも。あれだけもっともらしく理由をつけてしまっていたし……。

キャロルも変だと思うはずだ。どういう風の吹きまわしだって。

「あたしのアドバイスを素直に聞いたのね!」

「えっ? あ、アドバイスですか? キャロルさん、アドバイスしてくれましたっけ?」

あれ？　なんの話なのかわからないぞ。

私は先日の彼女との会話を思い出そうとするも心当たりがなくて首をひねる。

「はぁ、細々とやってくなんて才能ない負け犬の発想だって教えてあげたでしょ。……これで優勝してお店が大きくなってみなさい。あたしのおかげよ。今度はコンサルタントもやってみようかしら」

そういえば、そんなことを言っていたような……。

ええーっと、それってアドバイスなんだろうか。

キャロルは胸を張って自信満々の表情を見せる。きっと自分のアドバイスに従って私が大会に出る気になったと本気で信じているのだろう。

「アドバイスついでになんでも相談に乗ってあげるわよ。このあたしが一枚嚙んだんだから、あなたは必ず優勝しなきゃならないし」

「ありがとうございます。……でも、もちろん優勝を目指しますが、自分の力でなんとかします」

お菓子作りに関してはそれなりに自信がある。

キャロルには悪いが私は自分自身のやり方で優勝を摑み取りたい。

（一回戦ごとにテーマが定められるみたいだけど、そういう大会なら前世でも経験

済だわ）

こっちの世界での料理大会は未経験でも私には前世の知識と経験値がある。時には競い合い技術を高めることも重要だということで、師匠の命令で様々なコンテストに出場した。

だから今回もその経験を活かせば――。

「そう、だったら一緒に出る人は決まっているのね？」

「へっ？　一緒に？」

どういうこと？　一緒に出る人って……。

私の他に誰かと出ないといけないルールなどあったとでもいうのだろうか。

「呆れたわね。今年からルールが変わって、料理長《シェフ》とそれを補助する副料理長《スーシェフ》の二人ペアで出る決まりになったのよ」

「そ、そうだったんですね。知らなかった……」

まったく私はどこまで粗忽者《そこつもの》なんだろう。

舞い上がって、基本的なことを見落としてしまっていたみたいだ。

去年まで一人で出るタイプの大会だったから、ついついそうだと思い込んでいた。

（そういえばゲームのイベントだと二人ペアだったわね。ヒロインのローラが確か

親友のシンシアとペアで出て優勝するストーリーだった）

ゲームの知識がまるで役に立っていないじゃないか。

そんな自分に嫌気がさしつつも、困ったことになったと新たな悩みに頭を抱える。

「今年から参加者が増えたからそういうルールができたみたいだけど、どうなの？　一緒に出てくれる人の心当たりはあるのかしら？」

まさに悩みはそこだ。

私は当然のごとく貴族時代の友人とは全員と縁が切れていて、料理のできる知り合いにも心当たりがない。

せめて菓子作りでなくていい。基本的な料理動作ができて、私の指示を聞いてくれる人がいれば……、なんとかなるんだけど。

「アテはありませんが、当日までにはなんとかします……」

どうしようかと悩んだが、悩んだところで答えが出るものではない。

一旦、この件について考えることを忘れてお店の仕事に戻ることにした。

そして、それから数時間後に閉店時間を迎える。

「どう？　あたしを頼る気になったかしら？」

「あれ？　キャロルさん、まだこちらに居《お》られたんですか？」

閉店時間を迎えた店内にカランと鈴の音が鳴ったかと思えば、とっくに帰ったものだと思っていたキャロルが再び顔を見せた。

なにか忘れ物だろうか。いや、掃除したときにはそんなものは見当たらなかった。ということは私にアドバイスするために閉店時間まで待ってくれていたということか……。

「ふっふっふっ、あたしの馬車は冷暖房完備で快適にすごすことができるのよ」

このゲームの世界は本当になんちゃって中世というか、お金さえあれば都合のよい魔道具が手に入る世界だ。

確か設定では数十年前に天才魔道技師が現れた結果、様々な便利な発明品が国中にあふれたらしい。

キャロルの馬車、マナメダルを動力とした魔道具が搭載されており快適な空間を約束される超高級品のようだ。

「まさか馬車の自慢をされるためにここに？」

「んなわけないでしょ、バカレナね」

「すみません。ですが、わざわざ閉店まで待ってくださった理由が思い当たらなくて……」

キャロルさん、本当にどうしたんだろう？

こんなことは今までに一度もなかった。なんせ、用事があったらその場で一方的に口にするタイプの人だ。

失礼かもしれないが、彼女の辞書に待つなどという文字があるとはおもわなかったのである。

「あなたのペアとなり得る人間を紹介してあげるためにきたのよ」

「本当ですか⁉」

ゲームのイメージだと本当に意地悪なキャラクターだったから、これまた失礼なのだが親切にしてもらえるという想定がなかった。

もしかしたら私はキャロル・ゴールデンベルという人間を誤解しているのかもしれない。

「あたしのお金の力で一流の菓子職人を雇ってあげるわ。そいつと組めばあなたの優勝は確定でしょ？」

「なるほど。……申し訳ございません。キャロルさん、嬉しい申し出ですがお断りさせていただきます」

キャロルさんの提案は本当にありがたいものだった。

でも、彼女のお金の力に頼ってしまうと私のやりたいことの趣旨がブレる。

私が断りを入れると、彼女は意外だったのか目を見開いて驚いたような表情をした。

「あなた、名誉挽回のために大会に出るんでしょ？　不正をしたバカな女だというレッテルを貼った貴族の連中を見返すために。だったら、あたしの力を借りない理由はないはずよ」

「えっ？　ちょっと待ってください。なんでキャロルさんがそのことを知っているんですか？」

今日もまたこんなにも驚くとは思わなかった。

なんとキャロルもまた私の身に起こったことを知っていたのである。

それならどうしてこんなに親切にしようとしてくれているのか謎だが、その謎について考える余裕もないほど私はびっくりしてしまった。

「ふふ、あたしの情報網をナメないことね。お菓子屋としての勝負にあなたがほんの僅差《きんさ》だけど、あたしに一泡吹かせたでしょ？　だからどんなやつなのか調べさせたのよ」

つまり探偵のようなものを雇って私について調べたのか。

だったら尚更わからない。それなら私のことを軽蔑して関わらぬようにするのが普通だ。

「そうだったんですか……。ですが、それなら何故このお店の常連さんに？　不正をした人のお店に通いたいとは思いませんよね？」

「あなたは不正なんてしないわ。きっと誰かに嵌められたに決まってる」

まるで当たり前のように私が不正などしないというキャロル。

この人もアルフレッド様も変わっていると思う。

どうしてこんなにも私のことを信じてくれるんだろう。

「まぁ、誰が嵌めたのかまではわからなかったけど、汚い貴族連中のやりそうなことよね。だからあたしはあなたを応援して貴族たちをギャフンと言わせたい」

「ありがとうございます。でも、だからこそお金の力を借りるんじゃなくて自分の力で勝ちたいんです」

仮にキャロルさんがお金で雇った助っ人とともに優勝したとしよう。

それは本当に私の力だと言えるのかといえば違うと思う。

おそらく多くの人は私がお金で優勝を買ったと思うんじゃないだろうか。

「……ふーん、あなたもプライドが高いわねぇ。だったらあたしが出るわ」

「えっと、キャロルさんはお料理できるんですか？」

「やったことないけど、あたしは天才よ。今から覚えれば――」

「レナとは僕がペアを組む」

「「――っ⁉」」

キャロルとペアを組む、組まないの話をしていると突然扉が開いてアルフレッド様が入ってきた。

今、彼は自分が出るって言っていたような気がしたんだけど、聞き間違いではないよね……？

◆

「紅茶をお持ちしました」

「ありがとう。うん、いい香りだ」

「静かなところで飲むのもいいわね。やっぱり貸し切りにさせてくれないかしら」

まずは一旦落ち着こう。

ということで、私はアルフレッド様とキャロルをテーブルまで案内して紅茶を淹れた。

二人はゆっくりとティーカップに口をつけて満足そうな表情を浮かべる。

「今年からルールが変更していたことを見落としていた。すまない、僕としたことが迂闊《うかつ》だったよ」

「いえ、私も気付いていませんでしたから」

どっちかと言えばゲームをプレイ済のくせに大事なイベントのことを忘れていた私のほうが罪深い。

しかしそれを説明したとて理解してはもらえないと思うのでそれは黙っておくとする。

そんなことより重要なのはアルフレッド様が私のパートナーとして名乗りをあげたことだ。

私にはそれがにわかに信じられなかった。

「それで、どうかな？　僕が君のパートナーとして料理大会に挑むというのは」

「嬉しい申し出ではありますが、実際どうなのでしょう。さすがにアルフレッド様が一日がかりの大会に出れば色々とバレるのではありませんか？」

一緒に出てくれるという提案はとても助かるし嬉しかった。

でも、時々忘れそうになるがアルフレッド様は第三王子。

大会に出れば城を今まで以上に長時間空けることになる上に、貴族たちの前でその姿を晒すことになる。

そうなれば、誰かしらアルフレッド様の正体に気付いてしまうのではないだろうか。

「その点は心配しなくていい。今日も協力してもらっているが僕には優秀な影武者がいてね。そいつに手伝ってもらっている限りはまず城でバレることはない。……大会ではもう少し顔を隠す努力をするさ」

薄々勘付いていたことだが、アルフレッド様にはかなり強力な協力者がいるみたいだ。

でないとこんな王都外れのお店の常連などなれない。

というか本当にどんな言い訳をして通われているんだろう？　そこは少し怖くて聞けないんだよね……。

「わかりました。……ところでアルフレッド様はお菓子作りなどの経験はあるのですか？」

「菓子作りの経験はないが教養として調理道具は一通り扱える。君の指示に従って動くくらいならできるさ」

すごい自信……。さすがは英才教育を施された天才王子様だ。

机に向かっての勉強以外にもありとあらゆる教養をマスターしていると聞いていたが、まさか料理までその範疇《はんちゅう》にあったとは驚きである。

（それならパートナーとしては問題ないわ。でも、王子である彼と本当に出てもいいものか）

誰がどんな妨害を仕掛けてくるかわからない料理大会に彼を参加させて良いのか迷ってしまう私。

うーん、でも他に誰と組むという話になるとキャロルになるが彼女は料理は未経験だというし……。

それならやはり経験者であるアルフレッド様のほうが――。

「ちょっと待ちなさい！　今、あなたこの男をアルフレッドって呼ばなかった？　まさかこの男が第三王子のアルフレッド・オルロンとでも言うんじゃないでしょうね!?」

「ええーっ！　わ、私、そんなこと言いましたか？」

「うん、割とがっつり二回くらい言っていたよ。僕はとりあえず流したけどね」

しまった。なんという失態を犯してしまったんだ、私は。

彼の正体を知らないキャロルの前でアルフレッド様の名前を呼んでしまうなんて……。

「キャロル・ゴールデンベルよ、自己紹介が遅れたな。僕の名はアルフレッド・オルロン。この国の第三王子だ」

「あ、そう。道理で王族特有の嫌味な感じがあったのね。合点がいったわ」

「すまないが、このことは秘密にしておいてほしい」

「はぁ？　なんであたしがそんなこと、って言いたいけど。レナに免じてあんたがこの子の味方の間は黙っててあげるわよ」

「それなら安心だ……」

あっさりこのことを内緒にする約束をしてくれたキャロル。

さっきも私のことを助けてくれようとしてくれていたし、もしかして彼女は思った以上に義理堅い人なのかもしれない。

とにかく私が口を滑らせた失態はキャロルのおかげで事なきを得た。彼女の気遣いに感謝しなくては……。

「レナ、話を戻すが僕は無理を言った手前、なんとか君の助けになりたいと思っている。僕にそのチャンスをくれないか？」

アルフレッド様はフードを外して、手を差し出す。

その雪の結晶のように輝く銀髪と蒼玉みたいに透き通った瞳はいつ見ても思考が停止してしまうほど美しい。

儚げに微笑む彼は私のために一緒に戦ってくれると志願してくれたのだ。

胸が熱くなる。その優しさにすべてを委ねたくなる。

そしてなにより、私は彼とともに菓子を作ってみたくなっていた。

「お願いします。私のパートナーになってください」

私は差し出された彼の手を握り、一緒に大会に出て、優勝を掴み取る手助けをしてほしいと懇願する。

誰よりもアルフレッド様がよかった。私に起きた理不尽に対して怒ってくれて、その名誉挽回を強く願ってくれている彼と戦いたかった。

こうして私はアルフレッド様と二人で料理大会に出ることとなる。

どんな困難が待っているのかわからないが不思議と負ける気がしなかった。

（ダメだわ。そんなセリフ如何にも負けフラグじゃない）

やはり不安はほんのちょっぴりある。油断せずに全力を尽くそう。

◇ガウェイン視点

真実の愛……なんていい響きなんだろう！

俺の人生は今、絶頂期にある。婚約破棄してからというもの目の前の景色が輝いて見えるのだ。

空の青色がこんなにも美しいなんて、川のせせらぎにこんなにも癒やされるなんて、以前の俺には理解できないものであった。

だが今の俺の隣にはローラがいる。ローラがいるとなんでもない日常が楽しい。些細《ささい》なことで幸せを実感できる。

親が勝手に決めた婚約者レナ・ローゼストーン。あいつと顔を合わせるのは苦痛だった。

やっぱり顔だけ可愛くてもダメだよなー。人間、心も美しくなくっちゃ。

ローラはいい。あのわがままなレナと違って男であるこの俺を立ててるし、気立てが良くて上品だ。

ローラと会うたびに俺は自分の運命を呪った。

なぜ俺の相手は彼女じゃないのか、と。

そりゃあ、あの子は男爵家で公爵家の嫡男たるこの俺と釣り合っているとは言えない。

だが、身分なんて愛に関係あるだろうか？　いや、ない！　ないに決まっている！

真実の愛に勝る優先順位などないのだ。

だから俺はなんとかあの子を、ローラをものにできないかと思案していた。

（レナ、お前は実に都合よく動いてくれた）

俺にとってローラの気を引くのは実に簡単であった。

レナがローラに高飛車な態度を取ってくれていたからである。

あいつがローラに絡めば絡むほど彼女を守る俺の株が上がる。これほど簡単なゲームはなかった。

いつの間にかローラの好意も俺のほうに向いていた。惹かれ合う二人の男女がそこにいたのである。

こうなってくると俺とローラの仲を深めるきっかけになったレナはお役御免だ。

いくらローラの好感度を稼いでもレナという婚約者がいたら絶対に結婚できないのだから。

(あの料理勝負の話を聞いたときは思わず笑ってしまいそうになったな)

俺の誕生日にレナとローラが料理で勝負をすることになったと聞いたとき、俺はあの女に引導を渡そうと決めた。

つまり婚約破棄をしてやろうって決意したのである。

まずレナは料理下手だ。これは前に家庭的な女が好きだと言ったときに無理やり食わされたオムレツの味からして間違いない。

なんせ俺はあれからオムレツがトラウマになり、立食パーティーなんかであれを見ると吐き気を催すようになっちまったからな。

おっと、話が逸れたな。つまりあいつはバカだから苦手な勝負をわざわざ仕掛けたというわけだ。

あのときガツンと不味《まず》いと言ってやったし、料理の腕に自信がなければ性格的にローラの妨害をするはず。

レナの不正をした瞬間を押さえれば、レナとは婚約破棄できる。

そうなればローラと一緒になれる日も近いのだ。

「そう、そう思っていたのに！　なんであいつはあのとき……!!」

誕生日当日、レナは人が変わったように大人しい女性になっていた。

いつもの刺々《とげとげ》しい雰囲気と違って、どこか気品のある可愛らしい感じがして思わず自分の目を疑ったのを覚えている。

さらに信じられないほど調理が上手くなっていた。あの手慣れた感じ、まるでプロの料理人を見ているようだった。

（あの女、まさか練習してやがったのか）

努力嫌いな怠け者。おおよそ褒めるところなどない女。それが俺のあいつに対する評価だった。

だから俺は待っていた。あの女が卑劣な手段に出るその時を……。

（だが、あの手つきからしてその可能性はない。その上このままでは愛しのローラが）

俺はローラが負けるのではないかと懸念した。

ここでレナがローラに勝つなどあってはならない。

父上のレナに対する評価が上がれば俺の婚約は確固たるものとなってしまうからだ。

それにあの人が変わったような雰囲気。あれもいただけない。

ローラが負けるだけならまだいいが、レナがローラをいびらないとこれから自分がローラと関わるきっかけが失われるではないか。

俺は今までローラを守ることで彼女の好感度を稼いでいた。

あれだけの女だ。少しでも油断するとすぐに他の男に取られてしまう。

それだけは避けなくては。絶対にそんなことを許してはならない。

（これは仕方ない。俺が幸せになるためには仕方ないことなんだ）

レナと結婚する未来がどうしても嫌だった俺は塩の容器を隠し持って、ローラのもとに近付く。

そして、ローラの砂糖を塩とすり替えて、俺はレナの不正を糾弾した。

（あんなに上手くいくと思わなかったなぁ）

こんなにトントン拍子にことが都合よく進んでくれるのは正直言って予想外だった。

父上は酷く怒り伯爵家と縁切り、伯爵家は没落。

伯爵は借金で首が回らなくなり、夜逃げしたらしい。噂だと隣国まで逃げたんだとか。

笑えるよな。まさにあの女の父親らしい末路だ。

それであの女、レナ・ローゼストーンは地位も領地も屋敷もなにもかも失って平民として町に放り出されたと聞いている。

まったく間抜けな女だ。雰囲気が変わったと思ったが不正を糾弾したら泣いて否定するだけでなにもできなかったのだから。

俺の恋路を邪魔したのが運のつきだったな。悪いが俺はあの女に対してなんの良心の痛みも感じない。

真実の愛の前ではなにもかもが肯定される。俺は素直に愛に従って動いただけ。

ローラとの恋路を邪魔した当然の報いだ。

「ふふ、料理大会で優勝すればきっと父上もローラを認めてくれるはず」

父上は料理人が好きだ。それが最高峰の料理人ともなれば格別だ。

つまりローラが料理大会で優勝することで彼女の株はグーンと上がる。

彼女の株が上がれば男爵家の娘とはいえ料理好きな父上はきっと結婚を許してくれるに違いない。

「さて、ローラの代わりにエントリー会場にきたが今年はやはり数が多いな」

父上主催の料理大会は年々参加者が増えている。

平民でも出場を許されているからなのだが、だからこそ優勝者の名誉は大きなものとなっていた。

ローラは親友のシンシアと出たいと言っていたが急遽《きゅうきょ》用意した隣国の天才料理人をパートナーにさせておいてよかったな。

彼女の力ならそんな真似しなくても大丈夫かと思うが念には念を入れておくのは正解だった。

「んっ？　あれは……」

あそこでエントリーしようとしているのは……、まさかレナ？

俺はまたもや自分の目を疑った。あの女、どの面下げてここにきやがった⁉

(こんな気持ちになるのは初めてだ。初めて徹底的に叩き潰したくなった)

俺の計画の邪魔をしようとするレナが憎い。

なぜあの女はこうも俺が真実の愛を貫くのを遮ろうとする？

決めた……。もう絶対にあの女を許さない。二度と再起できないように、地獄を見せてやる。

第四章　名誉挽回

　ついにこの日がやってきた。

　かつてないほどの緊張感のせいで私の足取りは重い。

　覚悟を決めたといっても怖いものは怖いのだ。

　エントリーした日は早々に退散したから何事もなかったけど、今日はそうはいかないだろう。

「気が重いわね……」

　そう呟きながら空を見上げる。どこまでも広がる果てしない青色。

　私の気持ちに反して、今日はどうしようもないほどいい天気だった。

「やぁ、いい天気だね。これなら予定どおり会場は野外だろう」

「アルフレッド様、おはようございます」

　会場から少し離れた雑貨屋の前で待ち合わせをしていた私とアルフレッド様は合流。

　彼の低い声は私を落ち着かせる。

　ルール変更されて助かった。二人ペアじゃなかったら心細いままだった。

「アルフレッド様ではないだろ？　今日の僕の名前はアル。呼び捨てにしてくれて構わない。いや、そのほうが正体を隠すにあたって都合がいい」

そう。当たり前だけどアルフレッド様は偽名で選手登録している。

まったく違う名前だと呼び間違ったとき訂正がしにくいからという理由で単純にアルフレッドを縮めてアルという名前を偽名にした。

確かにアルフレッド様の仰るとおり呼び捨てのほうが正体はバレにくいんだろうけれど……。

「アルフレッド様を呼び捨てにするなどできません。アル様と呼ばせてください」

「ふーむ。……まぁいいか。そこまで呼び方に聞き耳立てる者もいないだろうし」

こんな取り決めをして、私と彼は公爵家が用意した料理対決用に作った会場に赴いた。

アルフレッド様はいつもどおりフードを深く被っている。

会場は公爵様が用意した調理用の魔道具が大小を問わずずらりと並んでいた。

平等に調理ができるようにこれらは自由に使ってもよいルールになっている。

なので野外でもお店にいるのと同じ感覚で調理することが可能なのだ。

一回戦と二回戦は同時進行で何試合か行うので、審査員の数も結構いる。どの審査員も公爵様から声をかけた美食家と呼ばれる貴族たちだ。

公爵様は決勝戦に特別審査員として登場するのが通例の演出だった。

私の家は公爵様に絶縁されて没落しているので、この点は不安要素の一つである。

(決勝戦に勝ち進むことができたら、だけどね)

ともかく勝たねばそんな心配をしても意味がない。それよりも重要なのは……。

「いくぞ、大丈夫か?」

「はい。覚悟はできています」

私とアルフレッド様は会場に入った。すでに私たちの控室には事前に運んでもらえるように手配した材料が用意されているので、とりあえずそこに向かって足を進める。

「見ろよ、あいつローゼストーン家の娘だ」

「えっ? あの卑怯者の?」

「そうだ。恥知らずにも料理勝負で不正をしたバカな女」

「よく顔を出せたわね。神経がわからないわ」

会場に入るなり周囲がざわつく。見知った人が何人かいるみたいである。

私がここにいることはすぐに広がってしまった。

(一気にアウェームードとはまさにこのことね)

しかしあの時よりも罵声が大きい。それにいくら噂話が広がるスピードが早いとはいえ、これはあまりにも早すぎる。

「まるで誰かが君の悪評とともに今日ここにくることを教えていたような、そんな感じだな」

「えっ？」

「君が会場に入ってもさすがに控室につくまでくらいならバレずにいられると思っていたが……。まさか入った瞬間からこうも雑音が響くとは思わなかった」

私が違和感を覚えたのと同時にアルフレッド様は自ら推測したことを口にする。

もしかして私がエントリーするのを誰かが見ていたのかも。

そして会場に先回りして噂を広げておいた……。

ここにきてたったの数分で確かな悪意を感じ取り、戦慄する私。

やはりこの料理大会。一筋縄ではいかないみたいだ。

「大丈夫か？　想定よりも厳しい言葉が飛び交うかもしれないが……。辞退するなら――」

「大丈夫ですよ。アル様はお気になさらずに」

このくらいで私はめげない。

もちろん気分は良くないけど、アルフレッド様との約束を守るために……、もう逃げ出したくない。

「そうか。強いな、君は」

「そんなことありません。アル様が近くにいてくれるおかげで、かろうじて立ち向かう勇気が残っているだけですから」

名誉挽回するためにここにきた。アルフレッド様が仰るとおり、これは見て見ぬフリをしてはいけない問題だった。

むしろ誰かが自分に悪意を向けているならチャンスだろう。

その誰かさえわかれば、あるいはあの日の冤罪《えんざい》すら証明できるかもしれない。

「うむ。僕もできる限り君をサポートしよう」

「はい！　これから作るデザートを美味しく食べてもらうことに集中します！」

料理大会はトーナメント戦だ。一回戦ごとにお題が提示されて、それにそってメニューを決める。

今日行われる一回戦から三回戦のお題は先に告知されていたので、私たちは事前にどんなメニューを作るのか決めており、材料も控室に用意させていた。

一回戦のお題は焼き菓子。幸運なことに私の一番得意な種類のお菓子である。

「よーし、やるぞー！」

私は名誉挽回のための一歩を踏み出した。

◆

「さぁ〜！　始まりました！　公爵家主催の料理大会！　今回は最高のスイーツを作ってもらうべく多くの料理人たちに集まってもらいました！」

「「わぁぁぁぁぁ!!」」

拡声魔道具、要するにマイクのようなもので司会者がパフォーマンスを披露する。

熱狂する会場。この日はこの国でも有数の祭りになっていた。

石畳が敷かれた豪華な会場を取り囲むアリーナ。今は大道芸人が前説のようなことをして、会場を盛り上げている。

特別席に公爵様が席についたとき、会場の盛り上がりはさらに大きくなった。

ここで一番になれば平民でも……いや平民だからこそ大きなチャンスを得ることができる。

だからこそ腕に自信のある者たちが国中から押し寄せてきて、それが毎年話題になり、多くの国民がやってくるようになったのだ。

「一回戦のお題は焼き菓子！　制限時間は二時間！　ルールはシンプル！　二組のメニューを三人の審査員が審査して多数決します！　より多くの票数を取ったほうが勝ちとなります！」

そして私は厳正なる抽選により、一回戦の第一試合に出場することとなった。

うん。大丈夫だ。多少の緊張はしているがパフォーマンスが落ちるほどではない。これくらいの緊張ならちょうどいい。きっといい仕事ができるはずだ。

「あらあらあらあら、臭いですわね。平民の臭いがしますわ」

「本当ねぇ。名誉あるオルロン王国貴族の名前を傷つけて平民に落ちた愚か者。恥知らずにもこの大会に出てくるとは思いませんでした」

「マリー、それにレベッカ……」

伯爵家の令嬢と呼ばれていた時代。もっと言えば、私に前世の記憶が戻る前。マリーとレベッカとはよくつるんでいた。

ローラにちょっかいを出していたときも今みたいに嫌味を一緒になって言っていたのを覚えている。

トーナメント表を確認したところ、どうやらこの二人が最初の対戦相手らしい。

（こうやって客観的に見ると以前の私って最低だったな）

鼻をつまみながら煽ってくる二人を見て私は自らの黒歴史を見せられているようような気になっていた。

「馴れ馴れしくその名を呼ばないでくださる？」

「どうしても呼びたければ、平民らしく頭を垂れてレベッカ様とお呼びなさい」

うわぁ……。きっと前の私も同じような話をしたんだろうな。

ははは、なんか笑えてきた。苦笑いというのはこのようなことを言うんだろうな。

「なにを笑っていますの？　相変わらず下品な女ですわね」

「この会場、あなたの味方など誰もいません。審査員もあなたの愚行を知っていますの。きっとまともに審査してはくれませんわよ」

彼女らの言うとおり、今もなお野次が私に向けて放たれている。

対戦相手にもこうして罵詈雑言を受けている。

その上、審査員たちも不正をした過去があると知っていれば私のメニューに対して偏見を持つというのもあり得るかもしれない。

（まさにアウェー。不利な状況であることは認めるわ）

でも、このくらいの不利は承知で今回は挑んでいる。

負けない。どんなに不利でも負けるつもりはない。

「余裕の笑みというやつか？　大した胆力《たんりょく》だな」

「た、胆力ですか？　いえ、そんな大層なことではありませんよ」

苦笑いが変なふうに取られて私は首を横に振る。

まさかあの二人だけでなくアルフレッド様にも勘違いされるとは思わなかった。

まぁいいか。かつての友人にボロボロになるくらい暴言を吐かれても案外平気だった。

メンタルが強くなったからかもしれない……。

「卑怯者は帰れ！」

「誰もお前の菓子なんて食わないよ！」

「ったく、なんであんなのが大会に出てるんだ！」

こんな罵声も今の私にとってはなんだかクラシックの演奏に聞こえるくらい心地よい。

ここまで調理前に精神がリラックスしたのは久しぶりだ。

(そうか、私は今……開き直っているんだ)

この感覚は初めて師匠の前で調理したときに似ている。

極度の緊張、そしてリラックス。なんか上手いこと精神が安定していい感じになってくれた。

「それでは二組とも調理を開始してください！」

そして司会者の声とともに試合が始まった。

精神的に安定しても状況は最悪に近い。

あの二人が言うとおり、生半可なメニューでは審査員も真面目に審査してくれないかもしれない。

「アル様！　予定どおりいきます！　まずは……！」

「バターを湯煎《ゆせん》で溶かすんだろ？　レシピは全部頭に入っているよ」

さすがは王室始まって以来の天才と言われているアルフレッド様。

その持ち前の記憶力で私の作ったレシピをたったの一日ですべて覚えてしまった。

なにやら難しそうな学術論文をいくつも発表しているという彼の優秀な頭脳。そこに要《い》らない情報を入れてしまったのではないかと恐縮したが、とても助かっている。

まるで昔からの同僚のようにスムーズに作業ができるようになった。

「レナ！　これくらいでいいか？」

「完璧です！　あとは私に任せてください！」

アルフレッド様の完璧なアシストのおかげでいつも以上のスピードで作業が進んだ。

二時間という持ち時間ではあるが、おそらくかなり余裕をもって終わらせることができるだろう。

（ここから私は魔法をかける。誰もが私のメニューを食べたくなるようなそんな魔法を……！）

美味しい菓子を作るだけでは不十分だと感じた私はある細工を施すことにした。聞くところによるとアルフレッド様もこの魔法に釣られて私のお店にこられたとのことだ。

「な、なんかいい匂いがするぞ！」

「香ばしくて、それでいて芳醇なこの香りは……！」

「……あっちの鍋からするわ！」

「あれって、卑怯者の元令嬢の……！」

アルフレッド様の溶かしてくれたバターに火をかけて、今度はゆっくりと焦がす。いわゆる焦がしバターというものを作るのであるが、こちらは微妙な火加減が必要となり、さらに不純物を取り除かなくてはならないので私が担当することとなっていた。

焦がしバターは溶かしバターと比べて風味が強く際立ち、より食欲をそそられる。

焼き菓子の魅力はなんといっても出来たてのあの甘い香り。

鮮烈に嗅覚を支配することができれば自ずとお客様はそれを口に運ぶ。

強く脳に刻まれた香りによって引き立つ食欲に抗える者などこの世にいないのだから……！

「初めて君と会った日を思い出す。この香りに僕はやられたんだ」

「ええ、あの日はちょうどこれを作っていまして。アル様が一番甘いものをだせと仰ったので、ついこちらを出してしまいました」

「君の持論だと優れた菓子職人は客の嗅覚から支配するんだったっけ？　そう、魔法のように……！」

私とアルフレッド様は初めて出会った日、そう私のお店がオープンした日のことを思い出しながら調理を進めていた。

一回戦のお題は焼き菓子。そう、私が作ったメニューは――。

「お待たせしました。マドレーヌでございます」

「は、早い！」

「もうできたのか⁉」

「まだ時間、結構余っているよね……」

二人で調理した結果……、通常以上のペースで仕上げたので試合時間はかなり余裕がある。

それでも私たちは構わず審査員たちにマドレーヌを乗せた皿を差し出す。

「嫌ですわ。早ければいいってもんではありませんの。……少しいい匂いはしましたが」

「きっと匂いだけで雑に作っているに決まっていますわ」

マリーとレベッカはまだクッキー作りの中盤といったところか。

焼き上がるまで時間がかかりそうだ……。

「君のことは聞いているよ。なんでも公爵殿の前で不正を犯したんだって？　そんな者の作った菓子が美味いのかね？」

「私たちは社交界でも名の通った美食家でねぇ。ふむ、香りはいいな。……だが、問題は味だ。味には一切手心を加えないからな！」

「ガウェイン坊ちゃんと婚約破棄したんだって？　不届き者の作ったものなど食いたくもないが、審査員として仕方ないからひと口だけ食べてやる」

うう、やっぱり審査員たちは厳しいことを仰る。

彼らは自称しているとおり社交界でも特に味にうるさいと有名な貴族たちだ。

公爵様と仲が良いだけに公爵家に絶縁された私への風当たりは強い。

「こんなみすぼらしい菓子、さっさと食べてしまいましょう」

「そうですな。次の審査の余興ということで」

「ひとかじりして終わりですよ、こんなの。匂いで誤魔化そうという魂胆《こんたん》がみえみえです」

面倒くさそうに私の作ったマドレーヌを口に運ぶ審査員の面々。

ここまでいい感じの精神状態だった私もこの瞬間だけは緊張感が跳ね上がる。

「「「サクッ」」」

咀嚼《そしゃく》音の後、少しだけ静寂。そして――。

「う、うまーーーーい！」

「ぐぬぅ……、確かにこの味は舌の上で夜会が開かれているくらい鮮烈だ……！」

「な、なんだ、この圧倒的な甘さと美味さの集中連打は！　おかわりをくれ！　おかわりだ！」

「ず、ずるいぞ、貴様！　ひと口ではなかったのか！」

「私にもおかわりをくれ！」

三者三様のリアクションを取りながら席を立ち、余分に作ってある私のマドレーヌを取り合う三人。

よかった。お口には合ってくれたみたい。

（でもこの状況は少しだけ混沌としているのかも）

喧嘩みたいな感じになりながら皿にマドレーヌを置いて、再び口に運ぶ三人。

こんなにオーバーリアクションだと逆に恐縮してしまう。

「なんていう、うまさだ！　まるで砂糖とバターがこう！　マドレーヌという舞台の上で、ええーっと」

「ダンスを踊っている？」

「おおーっ！　それはいいですな！　そのコメント私がいただいても？」

「夜会という言葉を出したのは私ですぞ！」

「はむっ、はむっ！」

なんとか気の利いたコメントを出して審査員らしいことをしようとしている二人と一心不乱に無言で食べている一人。

このあともう一組審査するということを忘れているようにも見える。

「あの、そろそろ私たちの審査をしてくださいまし」

「あ、ああ。すまんかったな。そこに置いておいてくれ。後で食べるから」

「「そ、そんな！」」

マリーとレベッカはせっかく作ったのに審査員に辛辣《しんらつ》なことを言われて泣きそうになっていた。

いや、そこはきちんと審査員としての仕事をしてほしい……。

「君と甘味というお題目で勝負するんだ。先手を打ったらこうなるのは必然だよ」

「必然、ですかね？」

「ひと口食べたら魅せられてしまうからね。僕もそうだ。君しか目に入らなくなる……」

「あ、アル様……」

なにを勘違いしてドキドキしているんだろう。

アルフレッド様は私の菓子の味について言及しているにすぎないのに……。

「勝者！　レナチーム！　不正を犯した卑怯者だと聞いていたが、これはどんでん返し！　審査員絶賛！　満票を獲得して二回戦進出です！」

やった！　印象は最悪だったけど結果的にはすべての審査員が私の皿を選んでく

れた。

彼らは舌には嘘をつかない。平等に審査してくれるみたいだ。

「アル様、やりました！　勝ちましたよ！」

「よかったな。……どうやら周りの評価も変わってきたみたいだぞ」

「えっ？」

アルフレッド様の言葉を聞いて私は周囲を見渡す。

集中していて気付かなかったが、いつの間にか罵声は止んでいた。

「あれ、めちゃめちゃ美味しそうだったよな！」

「いいなー、私も食べたい」

「お店に食べに行けばいいじゃん。俺、この前食べに行ったけどうまかったぞ」

「えっ！　お店ってどこ⁉」

どうやら私のお店にきたことがある常連さんたちが、観客の中にもいてこの機会に色々と教えてあげているみたい。

口コミというものは最高の宣伝だと師匠も言っていた。

もしかしたら、ここで評判の悪さをひっくり返せば、さらにお店の宣伝になるのかもしれない。

「レナ、さん……。それ、よろしかったらわたくしたちにも食べさせてもらえなくて？」

「どうしても気になってしまいましたの」

「二人とも……。ええ、いいですよ。まだ二つだけ残っていますから」

どういうわけか、対戦相手で貴族時代の友人だったマリーとレベッカは私のマドレーヌを食べたいとこちらにやってきた。

私はあとでアルフレッド様と食べようと思って取っておいた二つを彼女らに渡す。

「──っ⁉　お、美味しい……！」

二人はひと口食べると目を見開いて感想を口にした。

この二人は記憶が戻る前の私を知っている。だからその衝撃は私を知らない人よりも大きそうだ。

「こ、これ、本当にレナさんが？」

「でも、それならなんで不正なんて……」

「まさか、あのとき不正をしていないと言っていたのは本当なんですか？」

「えっ？　それではわたくしたち……」

あの日、私は友人だったこの二人に失望したと詰め寄られた。

どんなに不正などしていないと力説しても決して信じてもらえなかった。

でもこの味はあの日の私の訴えを信じさせるに足る味だったみたいだ。

「日頃の行いが良くなかったから信じてもらえなくても二人を恨むつもりはないです。でも、食べてもらって信じてもらえたなら嬉しい」

「『レナ、さん』」

そもそも貴族時代の私の行いというのはお世辞にもいいものとは言えなかった。ゲームの悪役らしく嫌味な令嬢として振る舞っていたので、誠実とはかけ離れたキャラクターだったのだ。

だから二人が私を信じてくれなくても仕方ないといえば仕方ない。

「頑張ってくださいまし！」

「これだけ美味しかったらきっと優勝しますよ！」

最後にはエールをもらった私。

名誉とともに失った友情は果たして帰ってきたのか……。

ともかく一回戦は無事に勝ち抜いた。だけどまだ大会は始まったばかり。

「日頃の行いが良くなかった？　貴族時代の君はどんな人間だったんだい？」

「聞かないでください。後生《ごしょう》ですから」

「すまないね。……まぁ、僕にとって君がどんな人間だったか、などは関係ない。大事なのは今だ」

「ありがとうございます」

「二回戦もこの調子で頑張ろう」

二回戦のお題はフルーツ。控室には新鮮な果物を届けてもらうように手配している。

私たちは勝利の余韻に浸る暇もなく気を引き締めて控室へと戻った。

◆

「こ、これは一体、どういうことですか⁉」

二回戦までのお題は先に発表されているので、果物も予め用意していた。

いくつかレシピを考えていて、届いた果物の鮮度などとも相談して決めようと思っていた。

しかし目の前の光景は無惨《むざん》の一言である。

私たちが用意していた果物は潰されて、使い物にならなくなっていたのだ。

「まさかここまでするとは……」

「これでは二回戦を戦うことができません」

果物を使わずして、フルーツというお題をクリアするのは不可能だ。

気を引き締めて二回戦に望むつもりだったが認識が甘かった。

あのときこちらに向いていた悪意の大きさを見誤っていたと知り、私は愕然とする。

「一体誰がこんなことを……！　こんなの酷すぎます！」

憤りの言葉を吐いてもなにも変わらないのだが、私はその理不尽さを嘆いた。

一回戦の手応えからこの先も勝ち抜ける自信が出てきたのだが、その矢先にこんなことがあれば誰だって心が折れかけるだろう。

「まったく、そのとおりだ。誰がやったのか、わかるか？」

「ええ、もちろんですとも。賊はこのとおり捕まえておきました」

「――っ⁉」

スーッと気配を感じさせずにいつの間にか、背後から声をかけられたので私は驚いて後ろを振り返る。

背後にいたのは長身の壮年の男性。モノクルをかけた執事風の服装をしている彼は何者なのだろうか。

「紹介するよ。僕が幼少のときより世話になっているアダムだ」

「レナ様、お初にお目にかかります。私はアダム・リッテルシュタイン。殿下の世話係兼護衛です」

うやうやしく頭を下げる彼はどうやらアルフレッド様のお世話をしている立場の方らしい。

確かに身のこなしにスキがない。そしてその眼光は今までに会った誰よりも鋭かった。

「どうも、はじめまして。レナ・ローゼストーンです」

「これはこれはご丁寧に。殿下がいつもお世話になっております。あなたのお店を気に入られて以降、殿下は毎日楽しそうにあなたの話をされているんですよ」

私がアダムさんに挨拶をすると彼は笑みを浮かべる。

どうやら私のお店にアルフレッド様が通っていることを知っているみたいだ。

当たり前か。そういう人がいないとバレずに通えるはずがない。

「アダムには会場で妙な者がいないか監視するように頼んでいた。ついでに僕のアリバイ作りにも協力してもらっている」

「ハンスさんが嘆いていましたよ。殿下が無茶な影武者を頼まれる、と」

「ハンスさん？」

「ハンスは僕の教育係でいつも影武者として協力してもらっている。……わかった、ハンスにはあとで褒美をやるし、謝っておく。これでいいか？」

つまりいつもアルフレッド様はアダムさんとハンスさんの力を借りてお店にきている、と。

いつになくバツの悪そうな顔をされているアルフレッド様は随分とお二人に迷惑をかけているみたいだ。

程々にするように私からも伝えておこう……。

「それより、この状況。まさか君、見逃してはいないだろうね？」

「このアダムに、まさかなどございません。賊はこちらに……」

「えっ？　ああっ⁉」

びっくりして大きな声が出てしまった。

アダムさんの背後にはロープでグルグル巻きにされた男が二人。

男は二人とも顔を隠していたらしく、傍らには覆面みたいなものが落ちていた。

この二人が果物をめちゃくちゃにした犯人ってこと？

男たちは顔を腫《は》らしており、殴られたような跡があった。

どうやらアダムさんが二人を捕まえたみたいだ。

(王子様の護衛なんだから弱いはずがないか)

アルフレッド様の命によってこの辺りを見張っていたというアダムさん。

おそらく私たちの控室に入っていくこの二人組を見つけて、彼が捕まえてくれたんだろう。

「で、この二人が誰の差し金なのかわかったかい?」

「いえ、残念ながらそれはまだです。少し痛めつけて聞いてみたのですが、知らない男に金で雇われたの一点張りでして」

「なるほど。さすがに身元を明らかにして刺客《しかく》を送るなどはしていなかったか。だが調べればなにかわかるかもしれん」

「ええ、あとでこの連中とその知らない男とやらの素性を調べておきます」

結局、誰が私に悪意を向けているのかわからなかったみたい。

アルフレッド様の口ぶりだと身元を明らかにせずに賊を雇うのはセオリーみたいだが、そうだとしたら犯人を見つけるのは骨が折れそうだ。

少なくとも大会が終わるまでに見つからないような気がする。

「そんなに不安そうな顔をするな。アダムは優秀な男だ。じきにこんなことを命じた不届き者を見つけてくれるさ」

「そ、そうですね。まったく痕跡《こんせき》がないどころか、実行した人が捕まったんですものね。犯人が誰かくらい……」

「ああ、だから今は二回戦を勝ち抜くことだけ考えよう」

「えっ？　二回戦？　あっ⁉」

そうだった！　二回戦がもうすぐ始まるんだった。

アダムさんや賊の登場のインパクトがすごくて、つい忘れてしまっていた。

（どうしよう～！　今から買いに行っていたら絶対に間に合わないわ）

私は再び絶望に追いやられる。

というより、なんでアルフレッド様は冷静に二回戦の話をしているのかわからない。

なにか手があるとでも言うのだろうか……。

「申し訳ございません、レナ様。言い逃れをさせないために果実を損傷させるまで手を出さぬようにしておりました」

「アダムさん？」

「つまり用意させていたんですよ。予備の材料を事前に……」

頭を深々と下げながらアダムさんは証拠を作りつつ、予備の食材を用意してくれたという。

つまり、アルフレッド様もまたそうするように指示していたということかしら。

「黙っていて悪かったな。だが君には一回戦に集中してほしかったからね」

「アルフレッド様……。では果物はあるんですね？」

「ああ、もうすぐ――」

「まったく、このキャロル・ゴールデンベルを使いに寄越《よこ》すなんていい度胸してるじゃない」

そこまで話したところで大量の果物が入った箱を持っているキャロルが現れた。

ええーっと、アルフレッド様はまさかキャロルにお願いして食材を運ばせたの？

プライドの高い彼女がよく引き受けてくれたものだ。

「少し遅刻だぞ」

「うるさいわね。これだけの材料を朝から仕入れて持ってきたんだから文句なんか言わせないわよ」

キッと気の強そうな声を出しながらアルフレッド様を睨みつけて、私の前に箱をおろすキャロル。

とにかく助かった。これで次も戦える……。

「一応、三回戦までに必要なものは全部用意してあげたわ。これだけしてやったのに負けたら承知しないんだから」

「ありがとうございます！　助かりました！」

このまま戦わずして負けると思っていた私はキャロルさんの助け船に感謝の意を述べる。

ああ、一時はどうなることかと思っていた。せっかく審査員の人たちから褒めてもらって風向きが変わったのに、チャンスが潰れるところだった。

「でも、なぜキャロルさんはここまでしてくれるんですか？　この前もエールを送ってくれましたし……」

単純に不思議だと思ったので私は質問をする。

どう考えても、というかゲームのイメージもあってどうしても違和感があるのだ。

「……はぁ、そんなの決まっているでしょ。あなたの作る菓子が美味しいからよ。こんなくだらない妨害で潰されるなんて許さないわ」

「キャロルさん……」

「それにこのあたしを一泡吹かせたんだから、優勝くらい簡単にしてもらわないと困るわ」

どこかで聞いたことがあるようなライバルキャラクターっぽいセリフを言い放ち、彼女は私を手助けする理由を語る。

本当に助かった。ありがとう、キャロルさん。

必ず私は優勝してみせるから、見守っていてね。

◆

「勝者！　レナチーム！　今回も審査員から満票を取り、圧勝しました！　今のところ不正など犯している様子もない！　まさかその実力は本物なのか！」

キャロルさんの用意した果物を使った彩りフルーツのタルトで二回戦を勝ち抜いた私たち。

良かった。キャロルさんのおかげで助かった。

「今日はあと一戦あるが大丈夫か？」

「もちろんです。毎日、あれだけのお客様の対応をしているんですから」

「そうだったな。これは失礼なことを言った。この勢いのまま勝ち進もう」

「ふふふ、素人に勝ったくらいでいい気になっていらっしゃる。滑稽ですな」

「「――っ⁉」」

控室に戻りつつ、次への意気込みをアルフレッド様と話していると両腕に入れ墨の男が話しかけてきた。

如何にも賊って感じだけど、まさかこの人たちもさっきのロープでグルグル巻きにされていた男たちの仲間なのだろうか……。

「この大会のレベルが跳ね上がるのは三回戦からです。そこまでなら偶然勝ち上がるアマチュアもよくいますからな」

「そういうこと。ここからは俺たちプロの時間。兄貴、今回からは俺も協力できます。今年こそ優勝するときですぜ」

今度は頬に大きな傷がある人相の悪い男が現れて、私たちを煽ってくる。

まさかこの人たちも選手なの？　しかもなんだか強キャラ感がすごい。

確かにこの大会は素人でも誰でも参加できるから、実力はピンキリだ。

とはいえ記念で出場するような人たちは大体最初のほうで負けちゃう。

だから次くらいからが本当の勝負というのは嘘ではないのだ。

「次の試合、首を洗って待っていてください。真の実力者の実力というものを教えて差し上げます」

「実力者の実力？　頭痛が痛いみたいな言い回しをするような連中に負ける気がしないが……」

「てめえ！　うちの兄貴をバカにするのか！」

なんだか険悪なムードになってきた。

つまりこの二人が次の対戦相手ってことなのか。

わざわざ宣戦布告してくるところを見るとかなり腕に自信ありというところか――。


「勝者！　レナチーム！　十年連続で出場して今回初めて三回戦に上がってきた、タトゥーハーツ選手ですが残念ながらここで敗退です！」

「くぅ～、な、なぜですか！　なぜ今回もまた……！」

「兄貴～！　しっかりしてください！　兄貴～！」

「「…………」」

十年連続で出場していたんだ。あの入れ墨の人……。

三回戦も危なげなく突破した私たち。なんとか初日で敗退することを避けられた。

「今日一日でも君の見る目が変わっただろうけど、明日から勝ち上がればもっと変わってくるだろう」

「そんなに上手くいきますかね？」

「ああ、もちろんだ。君はまだ君のすごさを理解していない」

アルフレッド様はそんなことを言うが私はまだ半信半疑だった。

確かに多少は変わったような気もするが、まだまだ卑怯者呼ばわりされたり、厳しいことを言われたりする。

とにかく勝ち上がろう。優勝すれば名誉挽回できるかもしれないのだから……。

そこから翌日以降も私たちは怒濤《どとう》の勢いで勝ち進み、残りは決勝戦を待つのみとなった。

◆

「決勝戦頑張ってください！　今度、お店にいきます」

「平民になっても努力していたなんて、泣かせる話だねぇ。今度、我が侯爵家でパーティーを開くのだが、さっきのあのケーキを作ってくれまいか？」

「レナ様が不正をしたなんて嘘だと思ってましたとも。ええ、知っていました」

アルフレッド様の仰るとおりだった。

決勝戦進出を決めた、その日。私のことを悪くいう人はもはや誰もいなくなっていた。

それどころかお店に行きたいと言ってくれたり、予約したりしてくれる貴族まで現れて私は驚いている。

「こんなに周りの目が変わるものなのですね。驚きました」

「そういうものだ。真偽が不確かな噂よりも君が観客の前で素晴らしい甘味を創り出した事実のほうがよっぽど人の心を打つのは自明の理じゃないか」

控室に戻り、帰り支度をしているとき私は周りの変化に関する感想を口にした。

私と違ってアルフレッド様はこの変化は当然だとしているみたいだ。

そういうものなのかなぁ。それにしても手のひら返しがすごいというか、ちょっと異常な気もする。

いくら審査員が認めてくれても観客たちは食べていないんだし、こんなに反応が変わっちゃうのは――。

「ふぅ、やはり違和感があるか？」

「え、ええ。いくらなんでもこんなに変わると少し……」

「ならば正直に告白しよう。……差し出がましいかもしれないが君が勝ち進むたびに君が誰かに嵌められたって噂を流した」

「ええーっ！」

しまった。大きい声が出てしまった。

だって、そんな工作活動みたいなことされているとは思わなかったんだもの。

それじゃあ、やっぱりこの変化は私のお菓子が認められたわけではなかったんだな。

少しだけ残念かもしれない。でもそういうものだよね……。

「勘違いしないでくれ。いくら噂を流しても君の戦績が振るわなくては意味がない。周りの君を見る目が変わったのは間違いなく君の力による結果だ」

「そうでしょうか？」

「もちろんだ。僕はきっかけを与えたにすぎない。君がなにもしなければなにも変わらなかったはずだ」

そういうものなのかな。

全面的に納得はできないのは私が卑屈だからかもしれないが、素直に今の状況を喜んだほうがいいような気がしてきた。

「人の印象なんてそんなものなんだよ。レナが勝ち進む姿を見れば、料理対決で勝つために不正をした理由はわからなくなる。真実を噂として流せばそっちを信じるようになるのは自明の理じゃないか」

「もしかして私が納得していないのがバレていますか？」

「表情に出ていたからね。それに僕が小細工したのは事実だから気持ちはわかる」

人々の心変わりする理屈を説明するアルフレッド様はまるで出来の悪い生徒に授業する先生みたいだった。

噛み砕いて教えてもらったおかげで私の自信も回復する。

（アルフレッド様に随分と気を遣わせていたのね）

思えばこの大会に出るところから彼には頼りっぱなしだった。

パートナーとしてレシピまで覚えて大会に出てくれて、予備の食材の準備や情報操作まで……。

決勝戦に勝ち上がれたのは彼のおかげだと言っても過言ではない。

「あの、一つだけ質問してもよろしいですか？」

「んっ？」

「どうしてそこまで自分を気にかけてくれるのでしょうか？」

つい、私は聞いてしまった。

アルフレッド様がここまでしてくれる理由を……。

もちろん彼が私との約束を大事にしてくれていること、私の作るお菓子の味を気に入ってくれていることは理解している。

（本当にそれだけの理由なのかしら……）

でもそれでも気になってしまったのだ。彼の優しさに助けられて、ここまできたからこそ彼の心のうちが知りたくなってしまったのである。

「最初は君の作る菓子の味に惹かれた。こんなに美味しい甘味を僕は知らなかったからね」

彼との出会いは奇跡みたいなものだと思っている。

前世の記憶を取り戻して、家が没落して、一念発起して作ったお店の最初のお客様。

アルフレッド様があの日、美味しいと笑ってくれたから私はこの世界でも菓子職人としてやっていける自信がついたのだ。

「それから、いつしかひたむきに頑張って調理する姿に惹かれていた。なにより尊いものだと思うようになったんだ」

「えっ？　アル様、それってその……。いわゆる……」

フードを取ってその青く輝く瞳でこちらをまっすぐに見据えるアルフレッド様。

思わぬ言葉に私の胸は高鳴り、鼓動がドンドン早くなった。

(今のって告白だよね？　気のせい、かな？)

大げさに私を褒めてくれただけなのか、それとも好意を伝えてくれたのか判断がつかない。

自分の体温が病気になったのかと勘違いするほど高くなっている……。

「だからレナ、改めて言わせてくれ」

「アルフレッド様？」

一歩、私に近付いて彼は真剣な表情を作る。

偽名で呼ぶのも忘れてしまうくらい私は動揺していた。

(これはやっぱりあれ、だよね。でも決勝戦を前にしてそんなことって……)

たったの数秒のことなのにすごく長い時間が経っている気がする。

どう返答すればいい？　私は今や平民だし、ただの菓子職人。王子である彼とはどう考えても釣り合わない。でも――。

「明日も絶対に勝とう！　もはや君の力を疑う者はいないが、ここまできたらやはり優勝したい！」

「へっ？　ゆ、優勝？」

「ああ、優勝しようと言っている。元よりそのつもりなのはわかっているが改めて意思を統一しようと思ってな」

「あはは……、そ、そうですね。優勝しましょう」

いい笑顔をして手を差し出すアルフレッド様を見て、私は全身がゼリー状になったみたいに力が抜けてしまった。

そうよね。私ったら、なにを分不相応の期待をしているんだろう。

明日は大事な決勝戦だというのにアルフレッド様がそんな浮ついたことを言うはずがないではないか。

「うむ。あと、偽名で呼ぶのを忘れていたぞ。明日は特に観客が多いはずだ。気をつけてくれ」

「はい。承知しました」

ギュッと彼の手を握りしめて私は明日の勝利を誓う。

ここで最後に少しだけ残っていた緊張感を全部使ってしまった。

明日は一回戦みたいに最高のパフォーマンスができそうだ。

◇ガウェイン視点

くそっ！　くそっ！　どうなってやがるんだ⁉

なんであいつは決勝戦まで勝ち上がってきてるんだよ⁉　畜生《ちくしょう》……！

俺はあいつの顔が見たくなかった。俺の恋路の邪魔をするあいつには破滅してほしいと願っていた。

だが、あの女はそんな俺の気持ちを嘲笑《あざわら》うように生意気にも決勝の舞台に立とうとしている。

そもそもあいつはなんで平気な顔していられるんだよ⁉

俺は金でなんでもやってくれる連中をこっそりと雇って、レナが起こした不正の噂を観客どもに流したんだぞ。

一回戦のあの女の状況はそれはもう悲惨だった。

（なんであいつは笑っていやがるんだ⁉）

なのに、なのに、だ。あの女はヘラヘラしながら調理をしていた。

あいつの性格は婚約者だったこの俺が一番知っている。

こんな状況に追い込まれたら泣き出すか逆ギレするかの二択しかないはずなんだ。

「あの女は本当にレナ・ローゼストーンなのか？」

そう思えるほどあの女は人間性が変化していた。

その上……、なぜか料理が上手くなっているらしく審査員から絶賛を受けて満票で一回戦を勝ち抜く。

いや、一回戦だけじゃない。あの女はそこから準決勝まですべての試合で満票を獲得している。

準決勝など王立レストランのシェフだぞ。

若手料理人のホープと呼ばれていて、本来ならこんな素人ばかりの大会に出るような人間ではない。

そんなやつに天才であるローラならともかくレナなんかが勝てるわけないんだ。

だが勝ってしまった。それは事実だ。

不正や妨害を疑ったが、相手のメニューが不味かったならわかるが審査員に美味いと言わせる方法は思いつかない。

認めたくないが認めるしかない。あの女の作る菓子は本当に美味いんだ……。

「それにあの女、ゴールデンベル家を味方にしているのか……」

そしてなによりも驚いたのがあいつに味方がいるってことだ。

この国で一番の金持ちにして公爵家、つまり我が家と同等の権力を持つ平民の家。

金に物言わせて好き勝手しているいけ好かない一族だ。

せっかく俺が賊を雇って、あの女の食材を台無しにしてやったのにゴールデンベル家の一人娘が余計な差し入れをして無駄にしてしまった。

その上、賊は謎の男にボコボコにやられて捕まるし……。

おそらくゴールデンベル家に護衛でも頼んだのだろう。どうやったのかは知らんが、そうとしか考えられん。

(俺が賊を雇ったという証拠は見つからんと思うが、あまりこの手を使うとバレたら厄介だ)

賊が捕まって憲兵に引き渡されたと聞いて、俺はこの作戦が危ういと感じた。

足がつかぬように人を雇うのは意外と大変なのだ。

正直言って果物を潰せばレナの敗北は必至だと思っていたので、俺は余分に使える人材を雇っていなかった。

今から用意することはできなくもないが、ことを急いでゴールデンベル家にでも勘付かれれば面倒だ。だから僕は決勝戦まで我慢した。

しかしここまで上がってこられたら仕方ない。決勝では容赦なく手駒を使わせてもらう。

「なんとかせねば、ならんからな。この俺が……」

「ガウェイン様、なにをなさらねばならないのですか？」

「うぴゃっ！　おおおおっ！」

急に横から話しかけられて俺はつい声を上げてしまう。

そうだった。準決勝を勝ち抜いたローラを控室の外で待っていたんだった。

危ない、危ない。変なことを口走らなくてよかった。

「す、すみません。驚かせるつもりはなかったのですが、ずっとなにやら考え込んでいましたので、つい」

「い、いや、構わないさ」

「あの、なにを考えられていたのです？」

「別に……、大したことじゃない。今日はよく頑張ったな。これなら優勝間違いなしじゃないか？」

キリッと俺は顔を作って色々と誤魔化す。

ああ、愛するローラ。なんて君は美しいんだ。

その愛くるしい表情を見ると俺はなんでもできるような気がする。

そうだ。この俺は彼女となんとしてでも一緒になるんだ。

優勝という箔をつけて、父上に許しをもらって、必ず結婚してやる。そして共に真実の愛を育むんだ……！

「優勝、できる自信はありません。相手がレナ様ですから」

「なにを言っている？　レナにはこの前勝ったじゃないか」

まったく、この子は自己評価が低いのが弱点だな。

これだけの才女は滅多にいない。誰が何で勝負しても勝つのはローラだ。

「レナ様が不正をしたというのは真っ赤な嘘だったという話を聞きました」

「はぁ？」

「私もそう思います。レナ様の調理風景を見ました。あんなにお上手なのに不正などするはずがありません」

なんて噂が出回っているんだ！

レナの不正が嘘だとかそんな面倒くさい話がローラの耳に入るとは……。

忌々しい、忌々しいぞ。こんなにも忌々しいことが他にあるか⁉

今さら遡ってあいつの不正が嘘だったなどと知られれば父上はどんな反応をするのかわかったもんじゃない。

その上、冤罪を作ったのが俺だと知れれば——。

ダメだ！　ダメだ！　このままあいつを放置しておくわけにはいかない。

「もしもそれが本当なら私はなんてことをしてしまったのでしょう！」

「いや、ちょっと待て。待ってくれ、ローラ」

「レナ様に謝罪をしなくては——」

「なにをバカなことを言っているんだ！」

まったくあの女はまた許せないことをしてくれたな。

俺の可愛いローラに罪悪感を植え付けるとは……。

ローラがこんなに悲しそうな顔をしているのは全部レナのせいだ。

あの空気の読めないバカ女……素直に落ちぶれていればいいものをしゃしゃり出て引っ掻き回しやがって。

「ガウェイン様……。ですが、もしもレナ様が不正をしていないなら……、私は、私は……」

「レナは不正を行った！　俺はこの目で見たんだ！　君が気に病む必要は一切ない！」

「ですが、あれだけお上手なのに不正をする必要など……」

「あれもなんらかの不正を働いて上手く見せているだけさ。きっとそうに決まっている」

　ほら見ろ、ローラが自分を疑い始めた。

　とにかくレナが悪いことにしなくては説明がつかなくなってきたのは面倒くさい。理屈なんてどうでもいい。今は彼女を言いくるめることが先決だ。

「そんな不正がありますでしょうか？　審査員の皆さまは美味しいと言っていましたし……」

「あんなもん、あれだよ。そう、フードの男だ！　フードの男だよ！　レナの実力でなくフードの男がすごいからだよ！」

「フード男？　あのレナ様のパートナーの……」

「そうだよ！　あんな凄腕をパートナーにして如何にも自分がすごいように見せかけるなんて、あいつはやっぱり卑怯者だよ」

　おおっ！　今の言い回し上手いんじゃないか！

そうだよ。自分で言っていて気が付いたがフードの男が実はすごいという話はアリなんじゃないか？

俺、意外と頭がいいのかもしれん。この理屈で攻めればきっとローラも納得するはず。

「レナ様がメインで動いていたように見えましたが……」

「いーや、一見そういう風に見せているが、そうじゃない。メインで動いているのはあのフードの男だ。俺の目は誤魔化せん」

「そうでしょうか……」

とにかく自信を持って堂々と話せば俺の言うことを信じるはず。

ローラだって確証はないはずなんだ。それなら俺が正しいと思い込ませることは可能だ。

「とにかく君は優勝することだけを考えればいいんだよ。ほら今日はゆっくり体を休めて」

「そう、ですね。ですが優勝する自信がなくなってきまして……」

「なにをバカなことを。君ならきっと優勝できる。あんなレナごときに負ける道理はないんだ」

こんなに弱気になってしまって、可哀想に。

これも全部、あの女が悪いんだよな。レナ、もうここまできたら許されるなんて思うなよ。

この俺がまた地獄に送り込んでやるからな。今度は二度と這い上がれないくらい深い深い地獄の底に……。

ローラ、絶対に君を優勝させてやるからな。そして俺と一緒になろう。

愛しているよ、ローラ。真実の愛のために俺は戦う！

◇

ふぅ、昨日は大変だったな。まさかローラがあんなことを言い出すとは思わなかった。

なんとか俺はローラに自信を回復させて、今日の決勝の舞台に出させることに成功する。

大丈夫だよ、ローラ。君にはこの俺がついている。

レナなんぞに優勝はさせない。父上が主催するこの大会をあんなクソ女の踏み台にさせてなるものか。

「お前の誕生日パーティーで不正を働いたローゼストーン家の娘がまさかここまで勝ち上がってくるとは、な」

「父上……」

「あの娘は涙ながらに不正はなかったと訴えておった。ワシは聞く耳を持たんかったが、それは間違いだったのかもしれん……」

「なっ！　なにを仰っているんですか⁉」

特別審査員として今日の審査をすることとなっている父上は昨日のローラみたいなことを口にする。

まったく、公爵ともあろう方がご自分の判断に迷われるなど、父上も耄碌《もうろく》したもんだ。

「ここまで勝ち残る実力があるなら不正などしないであろう？　ワシが信頼する審査員たちも口を揃えて彼女の作る菓子は美味だと言っておった」

「俺はあのフードの男がすごいだけでレナは不正をしていたと思っていますが……」

「ふむ。それも今日の審査をしたらわかるだろう。ともかくあの娘が優勝するようなこととなればワシは謝罪をせねばならんな」

　くっ……！　これだから真面目と公正さだけが取り柄だと陰口叩かれるんだ、父上は。

　不正を嫌うがためにレナを許せずにローゼストーン家との縁も切ったんだ。

　それが冤罪だったとわかればあの男は素直に詫びるだろう。

　そして冤罪が俺の仕業と知れれば、俺のことを平気で勘当するだろう……。

　だからあの女にはここまで上がってきてほしくなかったんだよな。

「これより！　公爵家主催！　料理大会の決勝戦を始めます！　決勝戦のお題は〝最高のスイーツ〟です！」

　決勝の舞台で相まみえるローラとレナ。

　以前行われた俺の誕生日パーティーを思い出す。

　レナ、正直に言って俺はすごいと思っているんだぞ。俺やローラと関係なければ素直に称賛していたところだ。

　だが、今のお前は俺たちの愛を邪魔する悪魔だ。

　悪魔というのは祓《はら》わねばならない。

　俺は正義と愛の騎士としてローラを守るために戦う。

『あー、あー、こちらガウェイン。聞こえるか？　どうぞ』

『ガウェイン様、こちらセバスチャン。聞こえておりますぞ』

チョーカーからの音を耳の中に入れている玉に伝える通信用の魔道具を使って、ローゼストーン家の元執事であるセバスチャンと連絡を取る。

ふっふっふ、決勝の舞台。この俺が空手で動くと思うなよ。

ちゃあんと伏兵を忍ばせておったのだ。レナを叩き潰すのにもってこいの伏兵をな。

『いいか、くれぐれもローラたちには気付かれずにことを進めろ』

『かしこまりました。すでに準備はできております。ローラ様が使われる砂糖と同じ容器に塩を入れて、隠し持っておりますのでいつでもご指示を』

『くっくっく、結構、結構。それでは計画成功を願う』

セバスチャンはまさにこの舞台にうってつけの悪役だ。

元執事として、悪の親玉であるレナからの頼みを断れずに泣く泣く不正を行ったというリアリティのある構図がここにできあがる。

レナはセバスチャンを脅して勝つために卑怯な手段に打って出た。そんなシナリオをこれから父上や観客たちに見せてやれば、あいつが反則負けするのは目に見えているだろう。

そうなればせっかく挽回しかけていた名誉も台無し。あいつは路頭に迷うしかない。

少しでも抗議しようと暴れたら憲兵にでも突き出して投獄してやる。

『ガウェイン様、約束は守ってもらいますぞ』

『んっ？　約束？　ああ、もちろんだとも。万事、俺に任せておけ。お前はなにも心配しなくていい』

セバスチャンという男、今は公爵家の執事見習いとして働いている。

こいつの年齢で見習いというのは屈辱だったらしい。

給金はそれなりに渡しているのに、なんとこいつは父上の時計コレクションの一つを盗んで金に変えやがった。

追及すると以前は伯爵家で横領を繰り返していたと白状した。

（まったく俺は運がいい。使えるやつが手に入ったからな）

こんなやつ捨てておいてもよかったんだが、飼っていて正解だった。

この男との約束は見習い、を取ってやることと盗みを見逃すこと。

それだけでこいつはかつての主人を嵌めるのに一役買うのを喜んで了承したのだ。

まったく、哀れな男だよ。人の心とか持ち合わせているんかね。

ま、用済みになったらとっとと捨てよう。こんなのがいつまでもいたら公爵家の品位が下がる。

「ローラ様、ガウェイン様がお守りとしてこのブローチを……」

「まぁ、素敵なブローチですね。ですがなぜ昨日でなく、今なのでしょう？」

調理が開始される寸前にセバスチャンがローラと接触。

セバスチャンは何度も練習したのか手慣れた様子で塩の容器と砂糖の容器を入れ替えた。

ふっふっふ、やるじゃないか。事情を知っている俺じゃなければ絶対に気付かないぞ、あれは……。

「わ、忘れていたみたいです。うっかりしていたと仰っていました」

「そうですか。……ガウェイン様のためにも頑張ります、とお伝えください」

「かしこまりました。それでは、もう試合が始まると思いますので……」

くくくくく、これで俺の勝ち。俺は勝ったんだ。

ローラ、試合が開始したらすぐに俺は待ったをかける。

そしてレナを反則負けに追い込み君に勝利を捧げよう。

「くふふっ……」

いかんいかん。笑い声が抑えられない。

勝利宣言するのはまだ早い。ここから俺が大活躍をしてからだ。

さぁ、いつでもいいぞ。試合よ、始まってくれ。俺の準備はできている。

「それではこれより決勝戦を開始しま――」

「ちょっと待ったーーーーーっ！」

「「――っ⁉」」

腹から思いきり大きな声を出す。

ローラたちやレナたちはもちろん、観客……そして父上も俺を見る。

もっともっと俺に注目してくれ。ローラ、今日の主役は君だがこの一瞬は俺がヒーローとして立ち回ることを許してくれ。

「なんだ？　ガウェインよ、何事だ？」

せっかくの決勝戦に水を差されたからなのか、父上はこちらをギロリと睨みつけてくる。

そんな怖い顔しないでくれよ。息子の見せ場なのにさ。

まぁ、仕方ないか。父上は毎年この決勝戦を楽しみにしているもんな。

「父上、落ち着いて聞いてください。事件です。事件が起こったのです」

「はぁ？　なにをわからんことを言っとる！　きちんと説明せい！」

「セバスチャンがローラの砂糖がなにかと入れ替えたのです！　あいつはあのレナに仕えていた執事！　なにかあの女に有利になるような不正をしたのかもしれません！」

俺は試合会場の中に入り込んで物言いをする。

レナ、君がどんなに否定しても無駄だぞ。塩と砂糖はすでに入れ替わっている。

これで君は終わりだ。おめでとうローラ、そして俺。

レナ、君は俺らの幸せの踏み台として惨めに潰されてくれ。さよならだ……。

「さぁ、ローラ。君自身が確かめるんだ！　その砂糖の入っているはずの容器にはなにが入っている？」

「えっ？　こ、この容器、ですか？　ペロッ、……砂糖ですけど」

「そうだろ！　砂糖が入っている！　えっ？　さ、砂糖⁉」

な、な、なぜだーーーーっ⁉

意味がわからない。これは一体どういうことだ？

だって入れ替えたじゃないか。セバスチャンは確かに入れ替えた……。

『おい、これはどういうことだ。セバスチャン……』

『どういうこととはどういうことでしょう？　不正はなかった。それでよかったではありませんか』

『き、貴様、セバスチャンではないな⁉　誰だ！』

俺は小声でチョーカーを通してセバスチャンに理由を尋ねる。

しかし返ってきた声は明らかにやつの声と違っていた。

まさかレナの仲間がセバスチャンに気付いて邪魔をしやがったのか？　もしそうだとすれば、やばい。

このままだと俺のやったことがすべて白日のもとに……。

『ガウェイン様、随分と乱暴な真似をさせましたね。それにレナ様の元執事、セバスチャンを使うとは……』

『なんのことだ？　俺は知らん。セバスチャンにはローラの身の安全を見守るように言っただけだ。とにかく知らん』

ここは知らんぷりを決め込むしかない。

セバスチャン一人の責任だと、やつが勝手にやったことで押し通そう。

とにかく今の俺は窮地だ。大声を出して試合開始の合図を遮ったのだからな……。

「ガウェイン！　お前は一体なにをしている⁉　不正など起きていないではないか！」

「ぐっ……」

どうする？　このままでは俺の計画はすべてパァになる。

とにかく、だ。レナの名誉はともかく、あの女が優勝するのだけは避けなくては……。

ローラを優勝させて俺たちの結婚を認めさせる。これだけは必ず遂行せねば……。

「すまない！　レナ！　疑ってしまって！　申し訳なかった！」

「ガウェイン様……」

「許してくれ！　本当にもう俺が全面的に悪かった！　頼む！」

俺はレナに迫って、大きな声を出して謝った。

大きな動きで目を引きつけて、今度はレナの塩と砂糖を入れ替えてやる。

これでレナの作ったものは台無しだ。優勝はローラで確定。

本来はあいつが破滅する程度のダメージを与えるつもりだったが、これで妥協してやる。

「ガウェイン様、もういいです。試合も中断していますのでお戻りください」

「あ、ああ。申し訳ない」

手品の練習をしておいてよかった。

これほど素早くスムーズに入れ替えを成功させるとは、さすがは俺だ。

試合が終わったらローラに駆け寄るふりをしてもとに戻そう。

（くっくっく、やはり最後に笑うのはこの俺だ）

さて、それでは俺はローラの優勝を見守るために席に戻るとしよう。

◇

「それでは、まずはローラチームの実食です！」

「うむ。このタルトの生クリームの甘み、まさに絶品！　甘すぎずしつこすぎず、なめらかで最高の美味を構成しておる！」

さすがはローラだ。

彼女のパートナーはもちろん一流のシェフで実力者だが、タルトのレシピはローラが作った。

彼女は天才なのだ。その持ち前のセンスで運動も勉強も商売も……、そして料理でも、なんでも一流になれる。そんな才能を持っているのである。

(レナが本来なら逆立ちしたって勝てない。なのにここまで食い下がってくるとは忌々しい)

さて、次はレナの番か。

どうやら今、王都で流行っているクレープというデザートを作ったみたいだが、そのクレープはもはやゴミに等しい。

「次はレナチームの実食です!」

俺はこの目でしっかりと見ていた。

あのクレープ生地にたっぷりと塩を入れていたのを、しっかりとな。

塩を入れた瞬間、俺の頭の中では勝利のファンファーレが鳴った。

(父上、同情しますよ。まずいものを食べるのをなによりも嫌うあなたが、しょっぱいクレープなど食べさせられるなど耐えられないでしょう)

すべてあの女が悪いんだよ。

俺とローラの幸せを邪魔する。あの女が全部悪い。

父上はどんな酷評をするのか楽しみなところがあるな。おっ! ひと口食べたぞ……!

「んっ、まああああああい！　なんという美味さだ！」

「そうそう美味い、美味い。――っ⁉　はぁぁぁぁ⁉」

ちょっと待て！　えっ？　えっ？　どういうこと？

美食家の中の美食家である父上があんな顔をして食事をするのは初めて見た。

俺、確かに砂糖と塩を入れ替えたよね？　それにレナは入れ替えた塩を確かに使っていた。

訳がわからない。一体なにが起こっているんだ……。

エピローグ

「なぜだ！　なぜですか⁉　父上！　こんなクレープが美味いはずがありません！」

私の出したクレープを公爵様が絶賛するとガウェイン様が大声を出しながら頭を抱える。

彼はさっきから変な声を上げるので、公爵様は怪訝《けげん》な表情を浮かべているのだが、ガウェイン様は気付いているのだろうか。

「あの、ガウェイン様。なぜ、という言葉はどういうことです？　私のクレープを食べもせずに不味いと決めてかかるのは失礼ではありませんか？」

「な、なんだと⁉　食べなくてもお前のクレープなど不味いに決まっている！」

当たり前のような顔をして理不尽なことを言ってのけるガウェイン様。

どうやらご自分の発言がおかしいとは微塵も思っていないらしい。

「ガウェイン、貴様はさっきからなんだ⁉　試合開始を中断して！　今度はワシの審査に物申す気か⁉」

「ち、父上……！　父上がおかしいから俺は訴えているんです！　そんな砂糖も使っていないような塩っ辛いクレープなど美味いはずがありません！」

怒り心頭というような表情でガウェイン様は自らの父親である公爵様に食ってか

かる。

どうやらこの方は怒りのあまり自分がなにを言っているのか気付いていないらしい。

（やはり一連の嫌がらせや妨害はあなただったのね）

これで確信した。私に冤罪を被せたのはガウェイン様だ。

おそらくローラとの仲を深めたい彼にとって私が邪魔だったからだろう。

ゲームのシナリオでは調子がいい人だとは思っていたがそんな陰湿なことをする感じではなかったので驚いた。

どうやらこの世界はゲームの世界と同じようでキャラクター自体の人格は若干違うらしい。

「なぜ知っている？」

「はぁ？」

「だから、なぜ食べてもない君がそのクレープに砂糖が使われていないことを知っているんだ？」

「ぴえっ？」

アルフレッド様にその質問をされたときのガウェイン様の顔は酷かった。

あんぐりと大きく目と口を開いて額から汗がダラダラと流れており、その整った顔立ちが台無しになってしまっている。

「えっ？　いやあ、その。俺、そんなこと言ったかなぁ？　あははは」

「いや言っとったぞ、お前は。塩っ辛いやら砂糖が使われていないやら。よく考えたら変だのう。確かにこのクレープにはほのかに塩気がするが、ワシはまだそれを口にはしていない」

「そ、そ、それはですね。か、か、勘が当たっただけですよ。そう、勘ですよ！　勘！」

公爵様もガウェイン様の不審な点について思うところがあったのか、それを追及した。

すると彼は声を震わせながら必死で誤魔化す。

息使いが荒くなっている。どうやら動揺が隠しきれないようだ。

「君が砂糖と塩を入れ替えたんだろ？　僕は見ていたよ。はっきりこの目で」

「な、な、なんてことをいうんだ！　無礼だぞ君は！」

「隠し場所はここかな？　大会が終わってから捨てようと思っていたんだろうが、失敗だったな」

「痛てててて！　あっ！」

アルフレッド様は一瞬でガウェイン様に詰め寄り腕をグイッと捻りあげる。

するとポロッと白い粉末が入った容器が彼の服の裾から溢れ落ちた。

あの身のこなし、アルフレッド様は武道も一通り嗜んでいると仰っていたが、まるで達人のような動きだった。

「これは君が塩とすり替えた砂糖だね？」

「う、うるさい！　そんなもん知らない！　この俺は公爵家の跡継ぎだ！　たかが平民が俺に無礼を働いて許されると思うなよ！」

「ほう？　君は僕を第三王子と知って暴言を吐いているのかい？」

「はぁぁぁぁぁ⁉　お、お前は、いや、あ、あ、あ、あ、あなたは、あ、アルフレッド殿下‼」

フードを取ってアルフレッド様はその雪の結晶のようなきれいな銀髪と蒼玉のように輝く瞳を晒す。

公爵家の令息であるガウェイン様はもちろん彼の顔を知っているようだ。

あまりの出来事に口をパクパクさせながら腰を抜かして尻もちをつく。

（アルフレッド様、どうして正体をバラすような真似を……）

あれだけ正体がバレないように気をつけていたのに、彼は自らその顔を晒して周囲を驚かせる。

その理由がなぜなのかさっぱりわからない。そうしなくてもガウェインを追い詰めることは可能のはずだ。

「公爵殿、この男は非道にも彼女を貶めるために様々な妨害工作を働いた。証拠もある。試合開始前にセバスチャンという彼女の家の元執事を利用して彼女に冤罪を着せようとしたこともな」

「ふぅ、驚きましたな。まさかアルフレッド殿下がこの大会に出ているとは。それに、私の愚息がとんだことを……」

「聞くところによると彼の誕生日パーティーの席でもレナは不正をしたと糾弾されたらしいな。だが、状況的に僕はそれも冤罪だと思っている。公爵殿の見解はどうだい？」

まさか公爵様にこの場であの出来事は冤罪だったと認めさせるためにアルフレッド様は自らの正体を晒したのか。

つまり彼は最初からそのつもりで料理大会に一緒に出ようと……。

私は彼の心遣いに今さら気付いて息を呑む。

「殿下、あなたがなぜローゼストーン家の娘の肩を持つのかはわかりませぬ。しかしこうなった以上は私も認めざるを得ません。不正を行ったのは私の愚息のほうだったのでしょう」

「なっ――!?　ち、父上、お、俺は違います！　全部これはレナの陰謀――」

「黙れ！　うつけ者！　貴様にはあとで厳罰を言い渡すゆえ、下がっとれ！」

「ひぃぃぃぃ！」

公爵様に反発しようとしたガウェイン様だったが、大きな声で怒鳴られると情けない声を上げて再び尻もちをつく。

口からよだれを垂らしながら、目を白黒させる彼。

公爵様は公明正大な方として有名。さらに王子であるアルフレッド様の手前、ガウェイン様は本当に厳罰に処されるだろう。

「……しかし、わからぬ。レナ殿、我が愚息の犯した罪に対する謝罪は必ずや正式に行う。だが一つだけ答えてくれ」

「なんでしょう？」

「あなたの作ったクレープには本当に砂糖は入っておらんのか？　確かに塩気は感じた。だから不思議なのだ。それなのにあなたのクレープからはより鮮烈な甘みを感じられた」

美食家として有名な公爵様はこれだけの騒動の最中でも、私のクレープの味が気になったみたいだ。

そう、私のクレープには砂糖は使われていない。

ガウェイン様が砂糖と塩を入れ替えたのは偶然だったが、元より私は砂糖を使う気がなかったのである。

アルフレッド様がもしかしたら、ということで一応砂糖も用意していたが……。

「私が作ったのはハチミツレモンのクレープです。クレープ生地に塩が入ることで塩気が出て、バターの風味を引き立て、さらにハチミツレモンの甘みが際立つという狙いでした」

「ふむ、なるほど。このクレープ、これまでに感じたことのない爽やかな甘みだった。そしてその甘みを鮮烈に感じさせたのは、まさしく塩が入っていたからこそに他ならない」

「はい。いわゆる甘じょっぱいという旨さは、舌に最も新鮮な甘さを感じさせる最高のスイーツだと思って作りました。おそらく美食家として有名な公爵様は様々な味をお知りだと思いましたので」

決勝戦は大陸中の食という食を知りつくしている公爵様が審査をするということで、私もなにを作るのか悩みに悩んだ。

美味しいというのはもちろんだが、それだけじゃ足りない。

きっと新鮮な驚きと喜び、そして感動を呼びおこすような、そんなスイーツが相応しい。私はそう考えたのだ。

「ふーむ。新鮮さ、か。君の言うとおり初めての感覚だったよ。ローラ殿のタルトも見事だったが、その部分で言えば君のクレープはそれを遥かに凌駕《りょうが》していた」

「…………」

「文句なしの優勝だ！　おめでとう、レナ殿。君の家の名誉を貶めたこと、深く謝罪する！」

「おおーーっと！　まさかまさかの展開続きだったが、ついに優勝者が決定しました！　優勝はレナチーム!!」

「「「わーーーーっ!!」」」

怒号のような歓声が鼓膜を揺らす。

家が没落して絶望によって未来など考えられないときもあった。

お店を開いても初めてのことだらけで最初は全然上手くいかなかった。

でも、アルフレッド様と出会って少しずつ明るい未来が見えてきて……、そして私は傷付けられた名誉を挽回するために戦おうと決意したんだ。

そして、ついに私は優勝した。ガウェイン様の妨害にも負けずに勝利を掴み取る。

それを理解した瞬間、私の体からドッと力が抜けた。

「おっと、お疲れ様」

「ありがとうございます。アルフレッド様、今日はよく眠れそうです」

「礼には及ばない。君が頑張った結果なんだから。……ゆっくりと休むがいい」

よろけて転けそうになった私をアルフレッド様が後ろから抱きかかえて支えてくれた。

彼の胸の中は温かくて安らぐ。私はすべてが報われたと確かな充実感を感じていた。

◆

「改めて、優勝おめでとう」

「ありがとうございます。ゆっくりできると思っていましたが、思った以上にその

「……」

「質問攻め、にあってしまったね」

「はい……」

優勝が決まって私たちは観客たちから質問攻めにあっててんてこ舞いだった。

祝福してくれる者、謝罪する者、アルフレッド様との関係性を聞く者、様々であったがとにかくすぐに帰ることなど不可能だったのである。

『ワシは君の父親への援助を打ち切り、君の家は領地を失った。君が望むならせめて貴族に戻れるように援助をするが……』

公爵様からは謝罪の言葉をもらったあとにこのような打診を受けた。

そもそも没落した原因は父の借金なのであるが、彼には負い目があったのだと思う。

自分の息子の工作によって私を糾弾したという負い目が……。

『いえ、嬉しい申し出ですが固辞させていただきます。遅かれ早かれ我が家の結末は同じだったと思いますので……。それに今の生活が楽しいんです』

しかし、私はそれを断った。

お店も軌道に乗っているし、なによりも私の夢が叶っているのだ。今の生活を捨てて貴族に戻るなどとんでもない。

「ローラだっけ？　君と決勝戦で相まみえた彼女には随分と謝られていたじゃないか」

「ローラさんが悪いいんじゃないいんですけどね」

彼女には優勝を祝福してもらったあとに、泣きながら謝られた。

さすがはゲームの主人公。人間ができている。

ガウェイン様に騙されていたと言い訳すればいいものを、彼女の高潔さはそれを許さなかったらしい。

『レナ様、申し訳ありません。私はあのとき、あなたが本当に……』

『いいえ、私の普段の行いが悪かったのです。すべては身から出た錆とでも言いましょうか。気に病む必要はありません』

本当に罪悪感があったからこそ、後悔して詫びの言葉を口にしたのだろうが、彼女が謝れば謝るほど私の過去の態度が思い出されて恥ずかしくなってきた。

そもそも私がローラに変な絡み方をしていたからガウェイン様に疎んじられたのだ。責任は自分にもある。

もちろんガウェイン様の行動はやりすぎであり、許せないという気持ちもある。

しかしローラに対する恨みなどは一切なかった。

「君と一緒に調理ができてよかったよ。いい思い出になった」

「思い出、ですか。アルフレッド様が正体を明かしたのでどう誤魔化せばよいのかわかりませんでしたよ」

「すまないな。どうしても公爵殿に謝罪をさせたかったのだ。ガウェインとやらにも厳罰を与えさせるにも僕が身分を明かしたほうが早いと思った」

やはりそういうことか。

アルフレッド様は私以上にガウェイン様に対して怒りの感情を持っていた。

だからこそ公爵様にケジメをつけるようにと直接交渉がしたかったのだろう。

おかげでガウェイン様は廃嫡《はいちゃく》。つまり公爵家の跡取りでなくなってしまった。

これは彼にとってすべてを失ったと言っても過言ではない。

「しかし一緒に大会に出ることとなったきっかけに関してはあやふやにしましたが、本当に大丈夫なんですか？　大会に出たことが知れるとまずいんじゃ……」

アルフレッド様の父親、つまり国王陛下は甘い食べ物はバカの食べるものと思い込んでいると聞いている。

そんな陛下がアルフレッド様が菓子を作っていたと知るとお怒りになるのではな

いかと嫌でも想像してしまった。

（確かにアルフレッド様がいなければ勝ち上がれなかった、それは間違いない）

私は罪悪感で心が痛くなっていた。

アルフレッド様への感謝の気持ちはつきないが、でもそのせいで彼が不利益を被ると考えると胸が締め付けられる。

「はは、さすがにこれほどの大騒ぎだからね。父上には大目玉を食らうだろう。でも、それは覚悟していたことだ」

「申し訳ありません。なんとお詫びをすればよいのか……」

「好きでやったことだ。レナは気にしなくていい」

気にするなと言われても気にする。

彼の気遣いは嬉しい。でもこの感情はそれとは別だ。

アルフレッド様、だって私はあなたのことを――。

「ああ、そうだ。気にしなくてもよいとは言ったが一つだけ言わなくてはならないことがあった」

「い、言わなくてはならないことですか？」

私が彼への気持ちを自覚するのと同時にアルフレッド様は口を開く。

なにやら言い忘れていたことがあったみたいだ。

(どうしてそんなに悲しそうな顔をするのですか？)

その疑問の答えはなんとなくわかってしまった。

それは私がなるべく考えないようにしていたことだ。

彼の青い瞳がいつもよりも輝きが失われているような気がする。

「これからは今までのように店に立ち寄れなくなる。フードの男が君の店に通っていたというのは噂になってしまうだろうからね」

そうだ。そのとおりだ……。

いくら私たちが誤魔化しても、常連さんたちはフードを被ったアルフレッド様が私のお店に顔を出していた事実を知っている。

彼が今までどおり来店したら大変なことになるのは目に見えていた。

だからもうこられない。それは自明の理だったのだ。

(約束、したんだけどな。でもわがままは言えないわよね)

「それでは、そろそろ僕は帰るよ。さすがのアダムもこれ以上野次馬たちを止めるのは難しいだろう」

二人だけの時間を作ってほしいというわがままを聞いてくれたアダムさん。

それも間もなくタイムオーバーを迎えるとアルフレッド様は背を向けた。

優勝して確かに名誉は回復したが胸にぽっかりと穴が空いたみたいだった。

◆

あれから数週間が一瞬にしてすぎた。

大会優勝者という肩書きは強力で私のお店はさらに大盛況になっていた。

「マスター、アップルパイ焼き上がりました〜」

「一番テーブルにお願い」

「マスター、マナメダルと砂糖を買ってきました」

「ありがとう。いつものところに置いておいてくれる？」

さすがに私一人でお店を回すことはできなかったので、二人ほど雇って働き手を増やしている。

さらにお店の外にも屋根付きのテラスを作ってもらって席数を増やした。

(毎日たくさんのお客さんがきてくれている。でもやっぱり少し寂しい)

当然だがあれからずっとアルフレッド様に会えていない。

新規のお客様はドンドン増えて、貴族まで来店するようになったが、彼の顔はそこにはなかった。

やはりアルフレッド様は陛下よりお叱りを受けたのだろう。

「――甘味の魔女《ラ・マジェ・パティシエール》と呼ばれた師匠でもやっぱり無理ですかね？　魔法で私の願いを叶えるのは……」

優れた甘味には魔法のような力が宿ると教えられた私だったが、さすがに今の自分の望みを叶えるのは諦めていた。

魔法とて万能ではない。そんなことはわかっている。

でも、日が経つにつれて、想いは色褪《あ》せるどころか強くなる一方なのである……。

「マドレーヌを一つもらえませぬか」

そんな物思いに耽っていると立派な髭にシルクハットを被った紳士の注文を受ける。

気付けばもう閉店前。毎日が忙しいので一日がすぎるのが早い。

「お待たせいたしました」

「うむ。いい香りですなぁ……」

紳士はマドレーヌを受け取り嬉しそうな顔をする。

あれ？　この声、聞いたことがある。ううん、聞いたことがあるどころじゃない。まさか——。

「アルフ……、レッド様？」

「おっと、完璧な変装だと思ったのだが……バレてしまったか」

「やっぱり……」

「思えば、この香りにやられたんだったな。だからなんとかしてまたこれないかと苦心したよ」

ピリッと音を立てながら紳士は髭を外して微笑む。

その声、その瞳、そしてその美しい銀髪……。

心臓が早鐘を打ち、手が震える。さらに目から涙がこぼれそうになるが、私はなんとかそれをこらえる。

「なぜ、そんな格好を？」

「今までのようにこられないと言っただろう？」

手早く付け髭をつけてウィンクする彼の表情はいたずら好きな子供のようにも見えた。

アルフレッド様もお人が悪い。私はてっきり、もう二度と彼には会えないものかと思っていた。

「君に魔法をかけてもらいにきた。やはりもう一つマドレーヌをいただいてもよいか？　我慢できなくなってきた」

「クスッ、喜んで。少々お待ちください」

私は彼の注文にうなずきながら思わず笑ってしまった。

心は晴れやか。こんな気持ちは何度ハッピーエンドをゲームで達成してもまず得られないだろう。

アルフレッド様、あなたとの約束をずっと守り続けていきたいです。そしていつかこの気持ちをあなたに伝えたい。

レナ・ローゼストーン――ゲームの悪役として没落する運命の令嬢に転生した私。

甘党の王子との関係がここから発展することになるが、それはまた別のお話。

～第一巻完結～

あとがき

この度は「お菓子な悪役令嬢は没落後に甘党の王子に絡まれるようになりました」をお買い上げいただきましてありがとうございます。

普段はネット上に投稿している小説に出版社様から打診をいただいて小説を刊行させてもらっているのですが、本編は完全に書き下ろし……この点が今までで一番自分にとっては異なる点でした。

話をいただいたとき、私は何個か案を出していて、どの案が採用されても全力で頑張ろうと思っていたのです。

ですが、やはり「お菓子な悪役令嬢」はその中でも一番自信がありましたので、こちらの作品を書いてほしいと言ってもらえたときは内心ガッツポーズしていました。

この作品を世に出せるという事実が本当に嬉しかったのです。

まず書きたかったのは悪役令嬢というジャンルで食べ物の話。

スパイス、薬膳、あたりも考えていたのですが、今回は可愛い話にしたかったのでお菓子にしました。

となると、展開的にヒーローはヒロインのお菓子の味にまず興味が出るはずだから甘党のはず……銀髪のクール系の王子が甘党だったらギャップがあって可愛い。

――と、そんな感じで大体のストーリーが完成しました。

個人的には最後の料理勝負の結末も含めて、自分の良いところが出せた作品となってくれたと思っております。

そして、なんといっても秀逸で美しいイラストを描いてくださった黒埼さまには感謝の気持ちでいっぱいです。

レナやキャロルなどの女性キャラクターは愛嬌があって可愛らしく、そしてアルフレッドなどの男性キャラクターはとにかく格好よくて魅力的に描いていただけて、イラストを拝見するたびに目が釘付けになってしまいました。

そして私の拙い文章を面白いと仰ってくれて、優しく改善点をご指摘いただいた担当さま、私のような駆け出しの作家に声をおかけしてくれた出版社様、その他……出版にあたって助けてくれた多く方々にもこの場を借りてお礼を申し上げます。

そして読者の皆様、改めましてこちらのお話を読んでいただいてありがとうございます。

自分は読者様の「面白い」という一言によって作家として生かされています。ですから、ただ一言なにかしらの形で「面白い」と仰っていただけると最高の喜びを得ることができるのです。

次の巻がもしもでるならば、甘いものに偏見を持っている国王周りの話に伴って、アルフレッドとレナの関係性をもっと深めていきたいですね。

それでは、長々とお付き合いいただいて誠にありがとうございます。

今回はこれで締めさせてもらいますね。

また皆様にこうして挨拶できる日が来ることを祈っております。

Jノベルライト文庫

♥婚約者と妹に裏切られ、幼女化したら…

噂の冷血皇帝が溺愛してきます!?

裏切られた悪徳王女、幼女になって冷血皇帝に拾われる

~復讐のために利用するはずが、何故か溺愛されています!?~

〔著〕琴子 〔イラスト〕TSUBASA

国一番の魔力と才能、美しさを誇るユーフェミアは、傲慢な態度から悪徳王女と呼ばれていた。

ある日、ユーフェミアは婚約者と妹に裏切られ、殺されかける。命懸けで脱出した結果、遠方の地に移転し、魔法が使えない四歳の体に。

そんな中、帝国の皇帝・アルバートに拾われる。「冷血皇帝」との噂とは違い、優しく甘やかしてくる彼に、調子は狂うばかりで——!?

一途な恋心 × 勘違いが交差する、異世界ラブコメディ!

発行 / 実業之日本社　定価 /770円(本体700円)⑩　ISBN978-4-408-55755-7

Jノベルライト文庫

お菓子《かし》な悪役令嬢《あくやくれいじょう》は没落後《ぼつらくご》に甘党《あまとう》の王子《おうじ》に絡《から》まれるようになりました

2022年10月10日　初版第1刷発行

著　　者　冬月光輝《ふゆつきこうき》
イラスト　黒埼《くろさき》

発 行 者　岩野裕一
発 行 所　株式会社実業之日本社
〒107-0062　東京都港区南青山5-4-30
emergence aoyama complex 3F
電話（編集）03-6809-0473
（販売）03-6809-0495
実業之日本社ホームページ　https://www.j-n.co.jp/

印刷・製本　大日本印刷株式会社
装　　丁　AFTERGLOW
D T P　ラッシュ

ISBN978-4-408-55753-3（第二漫画）